普通人的日记 不普通的战"疫"

战"疫"日记

《战"疫"日记》编写组 编著

     世界图书出版公司

西安　北京　上海　广州

图书在版编目(CIP)数据

战"疫"日记/《战"疫"日记》编写组编著. —西安：世界图书出版西安有限公司, 2020.5（2022.4重印）
ISBN 978-7-5192-7350-7

Ⅰ.①战… Ⅱ.①战… Ⅲ.①日记－作品集－中国－当代 Ⅳ.①I267.5

中国版本图书馆CIP数据核字(2020)第061369号

书　　名	战"疫"日记 ZHANYI RIJI
编　　著	《战"疫"日记》编写组
责任编辑	冀彩霞　王　冰
责任审校	雷　丹　李江彬　王　骞　孙　蓉
出版发行	**世界图书出版西安有限公司**
地　　址	西安市锦业路1号都市之门C座
邮　　编	710065
电　　话	029-87214941　　029-87233647（市场营销部） 029-87234767（总编室）
网　　址	http://www.wpcxa.com
邮　　箱	xast@wpcxa.com
经　　销	新华书店
印　　刷	西安市建明工贸有限责任公司
开　　本	787mm×1092mm　1/16
印　　张	10.75
字　　数	160千字
版　　次	2020年5月第1版
印　　次	2022年4月第6次印刷
国际书号	ISBN 978-7-5192-7350-7
定　　价	49.80元

如有印装错误，请寄回本公司更换

《战"疫"日记》编写组

策　　划　青山外　　冀彩霞

撰　　稿（按姓氏笔画排序）

二月姑娘	九　夕	上山人	小　鱼	小　河	凡　夫
马小磨	王　玲	王　丹	王素艳	小牛贵璋	文蜓鹏
申　莉	王耀民	冯　萍	邢美芳	在人间	吕文强
朱　珠	白军芳	伏　萍	延彩红	伊　梅	后爱林
齐　岩	乔　娟	孙秀峰	孙晓宁	严　榕	杜宗梅
李　燕	孙吉国	李鸣飞	李素芹	李家庆	杨艳平
杨福久	李刚明	吴海燕	何腾江	余　途	余昌成
冷青羽	肖渊茗	沙占春	张　茁	张雨荷	张学清
张建格	汪　勇	张瑞清	阿　珊	陈凤华	陈华硕
陈梦敏	张春莉	尚庆学	金步摇	周肖旋	庞和颐
郑　艳	雨　兰	胡天泉	姜国生	徐臣蔚	徐金钊
徐继东	赵志清	流水丙其	黄子墨	清　泉	隋橘子酱
惠　敏	徐璐怡	谢　林	楚　王	翟英琴	王　冰
	焦荣煜	李江彬		孙　蓉	
	雷　丹				

审　　校　冀彩霞
装帧设计　鹿　子
播　　读　齐　琳　　陈　浩
网络推广　鲍柳康　　朱利伟

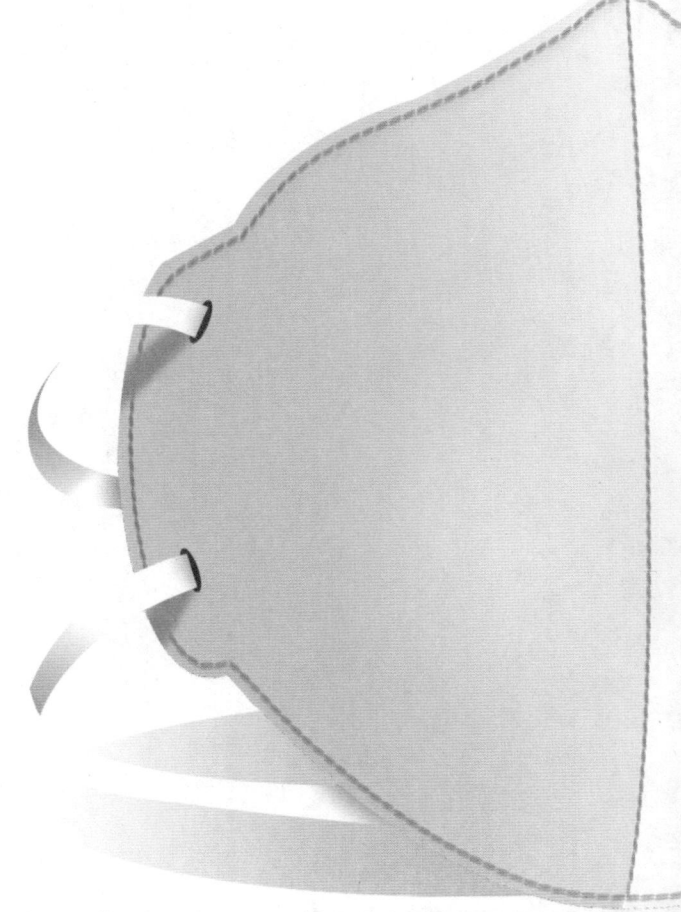

前　言

新型冠状病毒肺炎（以下简称"新冠肺炎"）疫情发生以来，党和政府高度重视，习近平总书记提出要按照坚定信心、同舟共济、科学防治、精准施策的要求，切实做好工作，同时间赛跑、与病魔较量，坚决遏制疫情蔓延势头，坚决打赢这场疫情防控阻击战。病毒肆虐，举国奋战。疫情就是命令，防控就是责任。面对疫情，全国上下各行各业的各个岗位不讲条件、不畏困难，共同抗击。医务人员逆向而行，奋战在最危险又最需要的地方；普通民众也积极参与到疫情防控当中，他们或志愿前往疫区，或自发捐资捐物，或响应号召居家隔离……在抗击疫情这场没有硝烟的战争中，人人都是参与者，人人都是战斗员。

新冠肺炎疫情防控是一场人民的战争。为了弘扬全国上下万众一心，众志成城，举一国之力战"疫"的伟大力量，也为了致敬所有在战"疫"中做出贡献和努力的人们，中国出版集团有限公司·世界图书出版西安有限公司组织出版了《战"疫"日记》这本书。它是一篇篇分别来自全国各地经历疫情或参与战"疫"的人分享的日记，每一篇日记都记录了他们与疫情防控相关的点点滴滴，字字句句都是他们内心的独白，有真情，有大爱，既无私，更无畏。这些日记的记录者或是不幸感染新冠肺炎却自发开网络直播向大众普及新冠肺炎知识的网红医生，或是与父母同遭病痛却通过彼此鼓励渡过难关的患者家庭，或是不计报酬、千方百计为前线医护人员解决一个又一个生活难题的快递小哥，或是不远千里逆行武汉送去捐赠物资后毅然选择留下来做志愿者的个体老板，或是十几天不回家尽心值守的村干部，或是坚持停课不停教一直在线的老师，或是忧国忧民、以笔战"疫"的作家，或是时刻不忘自己曾经是军人勇敢冲在一线的退伍军人，或是挨家挨户排查、严防死守不敢有一丝懈怠的社区工作者……他们大多没有出版的经历，却用或朴实真挚或显白的文字为我们记录下真实的情感和鲜活的历史。

一篇篇日记就是一份份见证，一个个与抗疫有关的故事见证了普通中国人在这场大疫中的坚守与努力。家是最小国，国是千万家。这些普通人战"疫"的故事是中国人民在新冠肺炎疫情防控阻击战中的缩影，他们在以各自的方式与祖国并肩战"疫"、共克时艰，也让我们从中感受到中国人民身上所具有的无私无畏、不屈不挠的抗争精神和旺盛的生命力。

我们相信，众志成城、万众同心，必将迎来战"疫"的胜利。

我们相信，没有一个冬天不可逾越，没有一个春天不会到来。

目录 CONTENTS

- 1/ 余昌平：医生变患者，科普成网红
- 5/ 爸妈，等我回来
- 7/ "山东兄弟"逆行武汉，战"疫"到底
- 9/ 共历病魔，同盼阳光
- 11/ 亲人盼你平安归
- 12/ 中国，加油！
- 14/ 快递小哥：只要医护人员需要，我随时都在
- 18/ 我在抗疫第一线为责任而战
- 20/ 关键时刻，我们决不掉链子
- 24/ 世界上最走心的音乐
- 26/ 想给孩子多点"年味儿"
- 28/ 战"疫"关键期，得打起精神来
- 30/ 元宵值守一家亲，全民抗疫一条心
- 32/ 家里有我，你放心吧
- 35/ 我曾经是军人，这会儿就该冲在一线
- 37/ 女儿，我们以你为傲
- 40/ 武汉，我来了！
- 42/ 所有坚守，都是为了更好的团圆
- 44/ 坚守阵地等春来
- 46/ 不一样的春节
- 48/ 不信谣，不传谣，同心协力抗疫情
- 50/ 国家有难，匹夫有责
- 51/ 人心齐，泰山移
- 54/ 基层防控人也是最美逆行者
- 58/ 你安好，我无恙
- 61/ 隔离病毒，不隔离爱
- 63/ 隔离也温暖
- 69/ 待到春暖花开，我们再相聚
- 72/ 我有一个愿望
- 73/ 太多的感动说不完
- 74/ 待到春暖花开时，我们再回来
- 76/ 你好，口罩！
- 78/ 爱祖国，讲奉献，到什么时候也得延续
- 79/ 守望相助，彻骨寒后香如故
- 81/ 唯愿国泰民安
- 82/ 难忘抗疫的日子
- 85/ 为群众守好每一道关卡
- 87/ 一边是心疼，一边是感动
- 89/ 听，迎春花盛开的声音
- 90/ 没有一个冬天不可逾越，没有一个春天不会到来

92/ 在困难中守望坚强
95/ 相信一切否极泰来
97/ 疫情面前，人人有责
98/ 我做的是最基础的工作，
　　不能有任何闪失和疏漏
100/ 国家有难我参与，疫情防控我在现场
101/ 基层战"疫"，我们在行动
102/ 守望相助，共同战"疫"
103/ 春回大地，情暖人间
105/ 把善良传递下去
106/ 战疫情，急救中心在行动
108/ 踊跃请战，驰援武汉
110/ 我们的城市病了
111/ 我们不是武汉人，但武汉有我们的家
113/ 正视，面对，接受，战胜
115/ 你们是春的使者
117/ 在同一个频率上心跳
118/ 好好地活着，深情地爱着
120/ "加班"
122/ 疫期隔离，感谢有你
123/ 平凡中的伟大

124/ 人人参与战"疫"，我们一定能赢
128/ 待明日，喜报频传
129/ 等到疫情结束，我们结婚吧
131/ 不忘医者初心，牢记医者使命
133/ 一枚党徽就是一份责任，
　　一名党员就是一面旗帜
137/ 一丝不苟，做好社区疫情防控
139/ 挥去阴霾，满怀希望
140/ 阴霾早些散去，春天早日到来
142/ 每个人肩上都扛着责任
143/ 于无声处抗疫情
144/ 没有元宵的元宵节
145/ 唯愿平安，云翳流转
146/ 辽沈战"疫"
147/ 给白衣天使的情人节礼物
148/ 当病毒来袭时
150/ 不一样的鼠年春节
152/ 往日犹可鉴，未来方可期
154/ 爱一直在那个地方，温暖你，温暖我
156/ 愿你走过的所有弯路，
　　最后都成为美丽的彩虹

编者按语：余昌平，武汉大学人民医院呼吸内科的医生，也是新冠肺炎疫情专家组成员。疫情发生后，他在工作中被感染了新型冠状病毒。从医生变成患者，从救治者变成被救治者。自始至终，余医生并未停下战"疫"的脚步，即使在治疗过程中，还拍摄小视频介绍自己患病和治疗的过程，向大众科普新冠肺炎的基本情况及如何做到自我防护，鼓励大家用科学的方法和信心去战胜疫情，乐观生活。从临床到网络，他始终在战"疫"一线。

余昌平：医生变患者，科普成网红

余昌平　湖北武汉　医生

2020年2月6日（农历正月十三）　　星期四　　晴

我是一名一线的呼吸内科临床医生，是本次新冠肺炎疫情防治专家组成员。同时，我也是新型冠状病毒感染的重症患者，在鬼门关走了一遭，刚刚回到人间。

我怎么会感染呢？我什么时候感染的？谁感染我的？这是很难回答的问题。

从疫情开始以来，我每天都要接触很多患者。有时候一天要看好几个新冠肺炎患者，还要收几个。有一次急诊科会诊，一天下来就有三个人被确诊为新冠肺炎。还有一次，我在发热门诊参加一次病情会诊，那个患者在汉口华南海鲜市场二楼工作，我作为临床医生，一看就知道他是个新冠肺炎患者。当然，那个时候还没有确诊。早期，确诊是很难的。

我是被谁感染的呢？探讨这个问题没有意义。作为临床医生，会接触很多患者，冲在最前面，感染的概率也比较高。

1月14日，我开始发烧，白天烧晚上也烧，烧得也不高，38.5℃的样子，别的一切正常。当时有个现象就是：吃东西就打嗝、放屁，我很疑惑，是胃肠炎吗？不像，因为不拉肚子。这是个什么问题呢？

接下来的两天我休息了，想着休息一下可能会好。现在想来，我为什么没有一发烧就去检查呢？因为早期对新冠肺炎的症状判断是不全面的，我只有发烧一个症状，不符合当时对新冠肺炎的症状判断。

1月17日，我们科室要去吃年饭，当时我就想，我会不会有这个（新冠肺炎）问题？虽然我只是担心，有这方面的顾虑，就症状看来也不像，但万一有这个问题呢？那科室几十个人，影响就很大了，我必须要查一下。检查结果显示，我的双肺有问题。当时我们还有一个同事感觉有点乏力，一查，也是这个问题，我们两个同时住院。

刚住进来时不重，第二天、第三天都还好，我自己还能走下去做CT复查。随着身体越来越不舒服就去做了复查。复查结果出来，双肺病变在增加，这个是我能料到的。复查之后第三天，病情急速恶化，有五天都没起过床，坐起来都没机会了，胸闷、憋气、呼吸困难，只有吸氧才能好受一点。

五天不起床，对医生来说是从来没有过的事，病情很重的时候，我就想到了个问题：我会不会死？我有30%死掉的可能性。五天时间我都没有好转，再有两三天加重，我可能就活不过来了。但如果五天过后稳住了，那就有希望了，甚至会好转，所以我还是有百分之六七十能活得过来的希望。

但是我转念又一想，死是怎么回事？人总是要死的，万一到了那一步，谁也没办法，只是早多少年或晚多少年的问题。唯独有个遗憾：我惦记我的家人，我爱他们。

我当时觉得自己能活过来的信念有两个：一个是我身体比较好，身体素质比较好，我可以和这个病毒打下去；另一个是虽然我呼吸困难，但是我能吃能喝能睡。烧退了我能吃，我呼吸不畅时吃不动，我就慢慢吃。

所以第五天复查CT对我来说很重要，看能不能稳住。我拿着氧袋，让师傅用轮椅把我推下去，自己下楼做。能把这个CT做下来，我心里就有数了，我最困难的时间是昨晚，已经过去了。接下来是拉锯战，挨过去，我就会慢慢地好转了。

情况就是这样的：病情开始一天天好转，只是中间出了点小插曲，因为没有休息好，病情有点反复。为什么休息不好呢？是因为手机收到的信息太多。高中群，大学群，硕士群，博士群，医生群，朋友群，要住院的，以及询问状况的……全国各地的信息太多，阅读多了的确很累，但是作为医生从良心上来说，急啊！我总是想能做点事就好了。

我的夫人过来做我的陪护，本来是不被允许的。但当时我几乎已在弥留之际，医院的人员调配紧张得不得了，如果没有人护理，我可能会死掉。

当时我对自己有个评估，我要是能把这一个星期的危险期渡过去，我就能活下来，渡不过去，我就死了。她要照顾我几天也可以，但她也有风险，有百分之七八十的概率会被感染。但是我心里也清楚，她万一被感染，应该也是轻症，是可控的。这是从疾病发展的特征判断出来的。

后来的事实是她果然被感染了，我建议她做个CT，她不做。她说："我很轻，你很重，你稍微好些了，我再去做。"等我明显好些后，她就去做了：双肺感染，是轻症，用点药明显好些，没有大碍。

余昌平：医生变患者，科普成网红

看好我们，一定会胜利的！

在这件事上，我做得对不对呢？没得对错。基于我这样的情况，她可能感染而且是轻症，我心里清楚，这种小的代价是可以的。当然也有不对的地方，毕竟把她置于危险之中了。

2020年2月9日（农历正月十六） 星期日 雾转多云

对疾病有所掌握之后，我们下一步怎么办呢？对于这个状况，我们每一个人怎么办呢？甚至说我们政府要做的重点工作在哪里呢？

首先，当你得了这个病，或怀疑自己得了这个病，你就先自我判断，你处于什么阶段，什么状况？你是不是轻症？是轻症就很简单：居家隔离、戴口罩、不出门，待在家里，听我们钟教授的。

再一个，居家隔离的轻症患者，有少数在家里要防着轻度变中度，或变重度。如果你出现发烧、喘气、胸闷、呼吸困难，那就可能是变重了，那就要去医院，要住院治疗，如果没有这个情况就可以居家隔离。大多数的轻症患者居家隔离，可以为我们的政府和社会减轻很大的负担和恐慌，否则政府再怎么加强防控都是转不过来的。

呼吸道感染，主要就是要戴口罩、少接触，减少通过呼吸道感染。另外，现在说的很多的接触传染，比如手摸手机、摸物品，可以接触到脸、鼻子、口腔，特别是眼睛，眼球结膜是个薄弱的地方，很容易感染。勤洗手，多消毒，病毒游离在空气中的时间不长，高温也可以杀死它。

从这疫病的发展来看，大部分是轻症，有恢复能力，最后随着天气变暖，病毒会受影响，也会减弱扩散能力，一般情况是这样；从中长期来看，会被我们消灭。所以说我是有信心的。

最后，疫情现在太厉害，必须高度关注和防护，但我总的观点是：大家没有必要恐慌，我们总是会把它摁下去的；有我们医务人员冲在前面，没有什么可怕的，会好起来。看好我们，一定会胜利的！

2020年2月10日（农历正月十七） 星期一 小雨

我1月14日生病，直到1月29日才缓过气来。1月30日，通过同学介绍，联系到武汉的短视频运营团队启视传媒，录制了视频。

为什么录制视频？从1月29日状态好一点，就有各种信息发到手机上，多数都是问病情的，有同学、朋友，还有很多患者；我本人是一个热心肠，能回答的我尽量回答，但确实当时状态很累，肺功能刚刚恢复百分之三四十，回复信息很慢。刚开始，我是感觉我们这个疫情很重，而且发展很迅速，很凶很猛；我们广大老百姓，包括医务人员都不懂，对这方面知识都了解很少。我就想，能不能做一个科普性质的关于我自己对这个疾病和疫情的认识和判断，让更多人知晓，包括我的同事、朋友、同学。

当时我想，最好是找个记者发篇文章，但是朋友一直说短视频和直播最快，让我开通短视频账号。但是视频录了之后呢，这个短视频一直是一天一分钟，我有点着急。然后快手提示可以发长视频，让我很惊喜，感谢平台破例。不是说我自己要出名，而是我想让更多人了解这个疾病，知道怎么防范，知道生病了怎么处理，其实我得病了我是不恐慌的，因为我对这个病有认识。所以，我认为大家都知道这个病了，大家也就都不慌了，有了对疾病和病毒的认知，剩下的就是解决问题了。所以，你莫看我坐在这里，莫看我是个小医生，但我还是有责任感的，我有社会责任感，我有匹夫之责。

不过现在也让我有点害羞，短视频传播能量太大了。因为好多媒体通过短视频找到我，找到医院来要合作的，因为现在有点在宣传我个人的意思，快搞成网红了。连查房的医生都说，余医生你成网红了。从这个方向我有点担忧，我本意不是当网红；网友们在快手平台上问的问题，关于疫情的、呼吸道的疾病的，我都愿意回答，让我录点短视频或者写点东西，讲点东西帮到大家，我都蛮开心。因为我看得蛮准，我也有我的分析和判断。

后来我的老同学黄纯萍医生劝慰我说："立德、立言、立行是我们一直追求的，你现在就是在立言，也是医生本应该做的。"在这个过程中，确实有很多人说看了视频知道怎么判断了，也了解病情了，不恐慌了。我觉得这短视频也是蛮有价值的，因为我本职就是一个基层医生，如果不是生病隔离，我最先想做的还是到一线和自己的同事在一起，所以能通过短视频以自己的状态跟大家把病情介绍清楚，能通过后台信息帮网友、患者看看CT片子，回答他们的疑问，能用这个形式让我做事情，出点力，我蛮开心的。

通过这次视频分享我发现，要持续做医学科普，就像交通常识一样的科普。大众对医学常识认知不够。很多人对医生、医疗、疾病不了解，比如自己得了什么病应该看什么科，是不了解的。比如有患者感觉自己生病跟机器维修一样一定能修好的，其实，等病情加重了再让医生处理，那是很棘手的。要是每个人对医学都有一个既基础又全面的了解，可能在多数疾病面前我们就不会无助，就不会紧张。后面只要网友愿意看，我就挤时间出来录，带着大家感受医学的神奇。大家少生病，就是在给国家做贡献。

我现在开始也会刷短视频，形势在明显好转，是真的很有信心。我昨天心情蛮好，因为医院患者的情况和医院本身的情况都在转好。你们看到视频里我一直在笑嘛，我性格就是这样子，给点阳光就灿烂。再一个，笑代表信心，笑代表力量，我希望给你们信心和力量！

编者按语： 周肖旋，湖北襄阳市中心医院重症医学科护士。新冠肺炎疫情以来，她一直身处ICU病房，陪重症患者们一起与疫魔战斗。见惯了生离死别的她，面对生死依然怀有一颗悲悯的心。

爸妈，等我回来

周肖旋　湖北武汉　襄阳市中心医院重症医学科护士

2020年2月9日（农历正月十六）　星期日　雾转多云

　　亲爱的爸妈，今晚的月亮很亮也很圆，即使周围有层层乌云，也遮挡不了它的光芒。忽然想到一句话：守得云开见月明。所以今晚的月亮是不是预示着我们马上也将迎来光明啊？昨天是元宵节，也是我来武汉支援的第17天，我知道你们肯定也天天掰着指头算日子。我很好，下夜班都能吃两份早餐呢，回来肯定胖了。我想和你们聊点儿在电话里不敢和你们说的。你们问我怕不怕，我说还好，没那么恐怖。其实我怕，怕被隔离，怕回不去。你们问我哭过吗，其实有两次。一次是因为老妈您发的朋友圈，您说在您生命里每一个重要的日子都不允许我缺席，直到您生命的尽头。那一刻，我泪如雨下。您知道我为什么一直说，不想长大吗？因为我怕你们变老。而今天是第二次，是我来支援的这段时间，第一次班上有病人去世。

< 朋友圈　　　　　　　　　　📷

老妈
等你的信息似乎成了我们家的重要事情，平安回家也似乎成了我们的家人，我们的亲朋好友们对你的期盼。在我的生命里每个重要的日子我不允许你们缺席，直到我生命终止。所以，请遵守我的诺言，保护好自己！

25分钟前

　　早上和你们提过，昨天我中班，从下午6点上到今天凌晨1点。在这个原本团圆的日子却有两位患者去世了，一位是43岁的阿姨，一位是67岁的伯伯。先来说说这个阿姨吧！她是我1月31号中午接诊的患者，来的时候，我鼓励她："要好好加油，您不仅是家人的希望，也是我们的希望。"她很坚定地回答我说："我会的，我有个爱我的老公，还有个8岁的儿子，我一定会好的。"她信了，我也信了。可是，死神终究没有放过她。病情加重之快让我们始料未及，我还清晰地记得，接诊第二天一大早我去上班，她握着我的手说："看见你真高兴，你今天还护理我吗？我记得你名字了。"几天不见，再见却已是白布裹身。很遗憾，中间上班没有再去跟她多说几句话，但是庆幸，当天答应给她一瓶牛奶喝，第二天的时候我带去了。我难以想象，当她病情恶化，医生准备给她嘴里插管子帮助她呼吸的时候，她是怎样的不甘啊！她放不下的人还在等着她回去，她眼角肯定有眼泪滑落吧？但是她却再也等不到那个曾经轻轻为她拭去泪水的人了。

　　那位67岁的伯伯在我来科室上第一个夜班的时候嘴里还没有插管子，他一直发热，心跳快，呼吸也费力。听说他儿子是个医生，可能是因为这个原因，他格外配合治疗。喝水时自己摘下氧气面罩，喝完了会喊我帮他戴好。没过几天，我听说他也插管子了，又听说他上ECMO+CRRT治疗了(重症患者需要用的治疗手段)，也开始俯卧位了。我连着护理了他4个班，今天晚上8点多的时候，他情况更差了，我立即通过传呼汇报了值班医生。而今晚的值班医生恰巧就是他儿子，也是他的主管医生。他通过传呼告诉我："就这样吧！不用抢救了。"我想象不到他内心的挣扎，但是听到这句话，我却流泪了。没一会儿，老人的儿子，也就是那位值班医生带着一套干净的病号服进来了。我们一直守着伯伯，直到他的心脏停止了跳动。医生说了一句话："还是今天啊，今天是元宵节。"因为有防护面屏的遮挡，我看不见眼镜后的红眼圈，更不知道怎么去安慰他，连递一张纸巾都不能。我默默地和他完成了老人最后的终末处理，喷上了消毒水，通知了殡仪馆。后来有人告诉我，他出去之后用冷水洗了把脸又继续投入了战斗。

　　爸妈，不知道你们现在能不能理解我当初的一意孤行了，没跟你们商量，我很抱歉。但是那么多无助的患者需要我们的帮助，需要ICU护士的专业化护理。祖国培养了我们，我们应该回报给患者。患者的需要，才是这个职业存在的意义。

　　好了，不说了，明天早上起来眼皮该有三层了。我答应你们的一定会做到，等我回来，继续做那个令你们骄傲的女儿！我很想你们！

　　爸，妈，愿你们一切安好！

"山东兄弟"逆行武汉，战"疫"到底

孙吉国 山东沂水 眼镜店老板（武汉抗疫志愿者）

编者按语： 山东兄弟，一对来自山东沂水驰援武汉的山东汉子，是万千志愿者中平常而不平凡的一员。"医护人员在病房里等着用药，社区居民在家里等米下锅，运送物资的路上，我们一秒也不想耽搁。"这是他们嘴上经常说的几句话，直白而朴实，正如他们做人做事，逆风前行，不肯停歇。

2020年1月30日（农历正月初六） 星期四 晴

武汉新冠肺炎疫情蔓延全国，让我心急如焚。每天看着不断上涨的疫情数字，而我什么也做不了，心里像长了草似的。于是，我做了一个决定：与其在家待着干着急，不如去武汉一线做志愿者，尽自己所能帮助疫区做些力所能及的事情。

说干就干，我早上起个大早就去了我的眼镜店里把所有的护目镜装箱打包，准备起程去武汉。这个消息被店员的老公许德强知道了，他坚持要跟我一起赴武汉做志愿者。我劝他："你腰上有伤，脚踝骨折也才刚刚好，就别去了！"他坚持道："这点伤算什么？我能坚持，再说已经好得差不多了。每天在家看疫情新闻，心里难受，还不如和你一起去一线帮些忙。"我拗不过他，只好同意了。

2020年1月31日（农历正月初七） 星期五 多云

昨天下午三点，我和德强就开车出门了，带着物资马不停蹄地驱车前往武汉，赶到武汉的时候已经是凌晨两点多了。我们在车里睡了一会儿，大约五点的时候，武汉志愿者团队的负责同志接到了我们。我和德强要求尽快给我俩安排任务，我们要尽快熟悉情况，投入战斗。就这样，我们加入了"车都青年志愿者"团队。每天主要的工作是穿越大街小巷，将救援物资送到需要的人手中。志愿者们一刻不停地奔波在路上，为各大医院送筹集到的物资，运送、装卸，有时候忙得连口饭都顾不上吃，但谁都没有一点怨言。我们被他们这种精神深深打动。

武汉开发区团委听说我和德强没

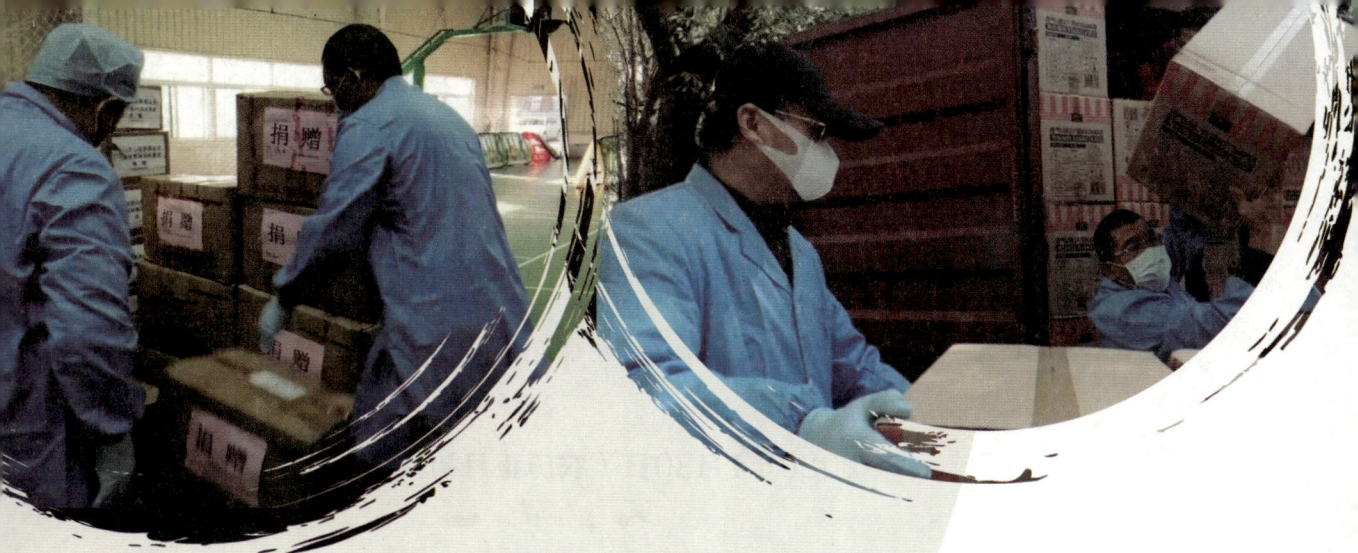

有住处，睡在车里，及时给我们解决了住处。感谢他们。我们来武汉是正确的，总能尽自己的一份力量，为这个城市做点什么。

没有什么困难是过不去的，同舟共济，众志成城，这场疫情终会过去。

2020年2月1日（农历正月初八）　　星期六　　阴

今天的工作依然是我们自己开着车将筹集到的所有物资运送、装卸，同时为开发区各街道和社区送去电暖气、酒精、消毒液、消毒湿巾、蔬菜食材等应急物资。德强因为这两天劳动强度太大，腰疼得厉害，脚也开始跛了，可他仍然咬牙坚持，晚上睡到床上不断呻吟，早上起床脚一挨地都能疼得叫出声来，我劝他休息半天，他不肯。我打趣说："装卸物资，搬箱子可以治你的腰病和脚疼？"他笑而不答。

有位国外的志愿者听到我们兄弟俩的消息后，捐给我们10000元油卡，让我们给车加油。我和德强拒绝了，因为我们是在这里做志愿者，不能给任何人添麻烦；吃饭、车加油我们自己能解决。

2020年2月2日（农历正月初九）　　星期日　　晴

只要我们没在送货，就一定去接医生们下班回酒店。那些奋战在一线的医务人员真的太累了，让人心疼！前线抗疫主要靠他们，再晚我也要送他们安全回住处，好让他们休息一会儿。

虽然我们一天来回奔波，平均每天都会跑三四百公里的路，天天工作到很晚才能下班，腰经常是累得直不起来，即使这样，只要有物资来，不管是凌晨还是半夜，我们都积极"抢活"，从没有一个人喊苦喊累；即使这样，我们依然在"群"里互相玩笑，互相鼓劲，彼此加油。这个团队里的每个人都很照顾我们，他们都亲切地喊我俩"山东兄弟"。在这里，我们又找到了家的感觉。

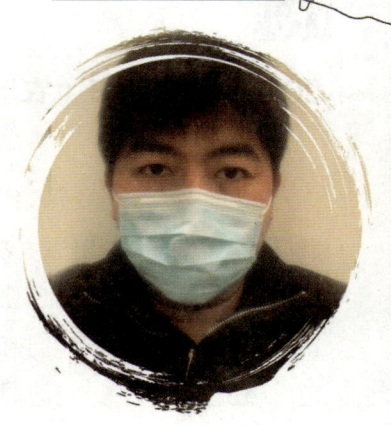

编者按语： 南溟秋水，一位湖北武汉的新冠肺炎患者。他与爸爸、妈妈同时遭受病痛的折磨，但是他们没有气馁，没有抱怨，而是彼此鼓励，互相打气，只为一家人康复后再度共浴阳光。

共历病魔，同盼阳光

 南溟秋水　湖北武汉　IT咨询顾问

2020年2月10日（农历正月十七）　　　星期一　　晴

不知道这是不是我人生最后的日记，趁着症状稍轻，记下这段心路和时光。很不走运，妈妈因为在超市上班，没能躲过新冠肺炎的感染，我们一家还是摊上了这个万一。妈妈1月27日发病，2月3日核酸检测确诊为新冠肺炎，2月5日被送进市第九医院住院。我和爸爸随后被社区送到宾馆进行定点隔离观察。2月6日晚上，我开始头疼、恶心。2月7日昏睡一天，咳嗽、头疼欲裂，爸爸也咳嗽。晚上，宾馆告知有症状的人员须移出宾馆，我们当晚又被送回社区家中。2月8日全天在普仁医院看病，CT结果显示我和爸爸肺部均有感染，核酸检测两天后才能出结果。但我们心里都清楚，CT结果基本就可以确诊了。2月9日我和爸爸在家静卧一天，一家三口远程为彼此加油，共抗疾病。晚上收到社区通知，所有疑似病例必须送到其他隔离点，于是我和爸爸大半夜又被送到白玉山的北湖名居。简单收拾完，已经是2月10日了。也许核酸检测结果出来后，我们还会被送到其他地点。一路颠沛，先写到这儿吧，面对这场灾难，精神意志和自己的身体可能是最好的武器。目前唯一的好消息是我们一家三口都不发烧。后面的路坦然面对，一家三口一起加油，一起康复！加油！

2020年2月11日（农历正月十八）　　　星期二　　晴

昨天的日记发出后，收到了许多认识和不认识的朋友的留言鼓励，这里统一表示感谢！目前，爸爸和妈妈精神状态良好，我们全家会积极面对，积极治疗，吃好喝好睡好，直至胜利！

意料之中，今天我和老爸收到了确诊通知。前几次出发都是在夜晚收到指令，这次我们就准备提前收拾下东西，以防还是"夜行军"。这感觉特像我工作中去各地儿出差，一天辗转几个城市也是有的，所以行李都是提前准备好，以便随时出发。如果此次是去方舱，那里有白衣天使，那里有读书清流，那里有广场舞大妈大叔，那里有不屈的病友们。愿大家都能痊愈回家，那时草长莺飞，那时的武汉一定格外动人！

2020年2月13日（农历正月二十）　　　　星期四　阴

昨晚，我被转移至汉阳武汉体育中心方舱医院。这是我近一个月来第一次亲眼看到夜晚的武汉，二七大桥、二桥、大桥、鹦鹉洲大桥都很好看。沿途的大厦都打着字幕：武汉加油，中国加油，武汉必胜，中国必胜……一个小时的车程，这些字幕我却百看不厌。到了武汉体育中心，看到很多白衣天使，他们有的来自贵州，有的来自安徽，看到他们，我的内心一下子变得特别安定。透过防护服，感觉他们都还年轻。几百号患者虽然居住在一起略显嘈杂，但相对单人隔离又让我觉得略感安心。既来之，则安之。继续加油吧！

2020年2月14日（农历正月二十一）　星期五　大雨转阴

今天是我来到武汉体育中心方舱医院的第三天。从第一晚的不适应到现在倒头就睡，我已经越来越适应这里的集体生活了。这里是三天前新建的，配套医疗和硬件设备还不完善，药物短缺，只能按天按需供应，病友们难免显得有些着急。今天一位贵州的护士小姐姐给我测体温时，我特别询问了下啥时候能正常检查，明确我们的病情。贵州的小姐姐耐心地解释说方舱正在完善和补充硬件设备与物资，后续可以进行CT、核酸检测等。听到这儿，我觉得那就安心等待和耐心休养吧。相信未来会越来越好。

昨天我的日记里拍到了来自安徽黄山的小姐姐的背影，很多安徽的网友纷纷留言："人可以借给武汉，疫情结束时得完完整整还给我们。"医者仁心，大爱无疆。目前，我和老爸情况比较稳定，老妈在定点医院治疗，很担心她，希望她一定好好调整情绪，休息好，尽快康复。

爸爸，妈妈，我们一起加油！

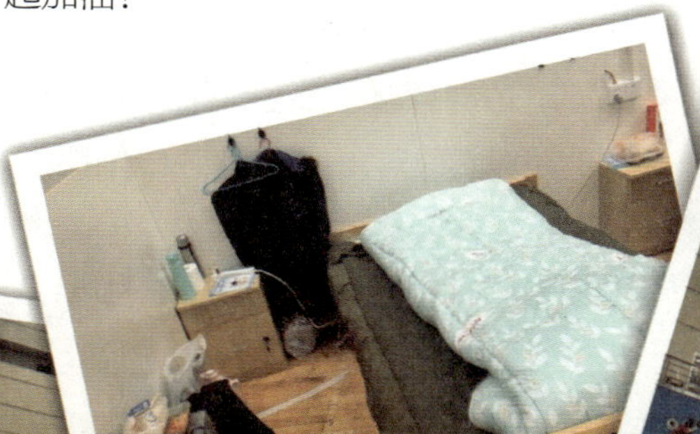

编者按语： 一个不一样的元宵节，一个让人难忘的元宵节。驰援武汉的英雄们在这个本该团圆的日子选择出征，义无反顾。那一份份感人的请战书，那一声声坚定的承诺都让我们心生敬意，感动万分。只盼，他们平安凯旋！

亲人盼你平安归

 在人间　湖南长沙

2020年2月8日（农历正月十五）　　星期六　　阴

这是最安静的一个元宵节，却也可能会成为我人生中最难忘的一个元宵节。

往年这个时候，街上早已是张灯结彩，大家都期待着山水洲城的上空如约而至的烟花大秀。而此刻，这里像全国其他地方一样，关门闭户，冷清得出奇。唯独有一处打破了这种静寂，那便是援鄂医疗队出征的现场。在这个本该是合家团聚的日子里，这里却上演着不舍的送别：父送女，子送父，夫妻相拥，同事泪别，每一处场景背后都有着一个打动人心的故事……

这些天，我每天都被一些人、一些事感动着。面对那些逝去的生命，我痛恨瘟神的绝情；面对出征医疗队队员们坚定的眼神，我更深深感受到人间的真爱。

每一位出征的医护人员都只是社会万千成员中的普通一员，但对他们的家庭而言，他们可能是整个家庭的支柱和希望。面对死亡，人都有恐惧，能够让人战胜恐惧的，是我们从来不愿流露却又从来不曾忘记的人生信条。我想起一首诗："千锤万凿出深山，烈火焚烧若等闲。粉身碎骨浑不怕，要留清白在人间。"也许每一个高尚的心灵都在最深处珍藏着这样一份圣洁，所以在瘟神面前区区肉体敢以命相搏。

有一份请战书让我读时忍不住泪目："我请组织优先考虑我，因为我是重症亚专科的，比其他同事更合适。我儿子也是学医的，我要用实际行动教会他比任何专业课都更重要的东西——医者的责任与担当！"

在送行的队伍里，有一对年轻的夫妻。丈夫微笑着说："妻子的运气一直比我好，但是这次我们一起申请去抗击疫情的一线，我比她运气好，我先拿到入场券。"面对充满担心的妻子，这也许是最好的安慰。

送儿女的父母，眼中闪烁着泪花，相送万千言，唯见两行泪，看着让人揪心。这里没有豪言，但他们的家国情怀让人心生敬意："临行密密缝，意恐迟迟归"，是慈母的疼爱；"国有难，送儿行"，是父母深明大义。

车辆徐徐启动，出征的勇士们在亲友的视线中越来越远，我的耳畔响起轻轻地吟诵：

新冠起急，千湖临危。我雅白袍，眺君北行，黄鹤于飞。

新冠起广，一水鄂湘。我雅白袍，眺君北往，龟蛇迎江。

新冠起早，初樱为萌。我雅白袍，眺君北驰，鹦鹉言胜。

平安归！

2020年1月26日（农历正月初二）　　星期日　　晴

虽然今天是大年初二，但是我爸爸还是去上夜班了——他是一名医生，要去发热门诊坐诊。我在心里暗暗担心，也在默默为爸爸加油！我希望新型冠状病毒能早点被打败，希望爸爸不要太辛苦，更希望爸爸能平安回家。

2020年1月29日（农历正月初五）　　星期三　　晴

今天晚上，我和妈妈给爸爸送饺子。一推开门，看到爸爸正在写病历，左边是已经完成的病历，右边是还没完成的病历，都是厚厚的一沓。再走近才发现，爸爸的额头布满了汗珠，而他对我们的到来却毫无觉察。我很少见到过这样的爸爸。

2020年1月31日（农历正月初七）　　星期五　　多云

我偶尔会站在窗子旁，望着外面的世界，这次疫情让我感受到自由的可贵。我想象着爸爸开车回来，在楼下和我招手，跟我说疫情结束了，然后我激动地冲下楼，爸爸一把抱住我——那一刻，一定特别美好！

中国，加油！

徐臣蔚　山东威海　中学生

编者按语： 他是一个发热门诊医生的儿子，他把对父亲的牵挂和对疫情的担忧写进自己的日记里，字短情却长。

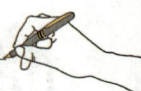

中国，加油！

2020年2月1日（农历正月初八）　　　星期六　　晴

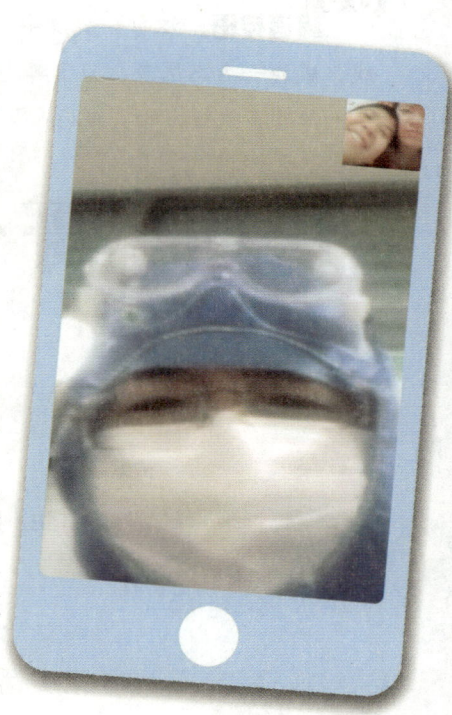

新的一个月开始了，从12月8日发现第一例患者，到现在确诊人数已经达到11791人，比昨天又多了2102人。希望在新的月份里，我们所有人都一起努力，一起战胜新型冠状病毒。加油！

2020年2月2日（农历正月初九）　　　星期日　　多云

我听妈妈说，路边有人在检查路人戴口罩的情况，进出小区都需要通行证，道路上行走的人数量大大减少。我感到很高兴，只要大家都在努力防范，我爸爸，还有所有的医护人员就不会这么忙，也不会这么累了，这该有多好！

2020年2月8日（农历正月十五）　　　星期六　　多云

我妈妈的单位竟然也开始值夜班了！我问妈妈能不能不去，妈妈说："作为护士长，就一定要以身作则。还有，你张叔叔已经去武汉了，他奋战在抗疫的最前线，我们在后方的人一定要做好后面的工作呀！"妈妈说这番话时，我从妈妈的眼中看到了坚定，看到了这场战争一定会打赢的信心。

2020年2月10日（农历正月十七）　　　星期一　　晴

昨天，妈妈是16:30下的班，可是，18:00的时候，她又被叫去加班。我一个人在家等啊，等啊……21:00，妈妈没回来，21:30，妈妈还没回来……后来，我却睡着了。

今天，我听妈妈说，她是凌晨才回到家的。我突然感觉妈妈好辛苦啊！

2020年2月12日（农历正月十九）　　　星期三　　晴

听爸爸说他昨天值夜班的时候，遇到了一位疑似新冠肺炎的病人。如果那位病人确诊的话，爸爸也得被隔离观察。我很担心！

编者按语： 汪勇，武汉一名普通的快递配送员。新冠肺炎疫情暴发后，他毅然奔赴抗疫一线，成为一名志愿者。为了解决金银潭医院医护们的生活难题，他解决了一个又一个问题，不仅是一位颇具执行力的"组局人"，更是前线医护人员背后的守护者。

快递小哥：只要医护人员需要，我随时都在

♥ 汪勇 湖北武汉 快递配送员（武汉抗疫志愿者）

2020年1月24日（除夕） 星期五 晴

与家人吃完团圆饭已是晚上10点，正准备哄女儿睡觉时，突然刷到一名来自武汉金银潭医院护士的朋友圈，对方写道："求助，我们这里限行了，没有公交车和地铁，回不了家，走回去要4个小时。"需求是6点钟发布的，一直没人接单。

"去还是不去"我很纠结，虽然我很想去做这个事情，但又怕家人担心，毕竟现在是新冠肺炎疫情高发期，又是收治确诊患者比较多的金银潭医院。我不敢告诉家人，自己一个人默默地在心里斗争了好长时间，最后还是决定去。老婆是个心理脆弱的人，没经历过什么大事；父母又上了年纪，不能让他们担心。所以，这件事情必须要对他们隐瞒才行。

发单的护士是明天早上6点下夜班，于是我就对老婆谎称："网点临时需要值班人员，我被安排明早值班。"因为身边没有任何防护用具，我找出昨天从超市买的两只N95口罩放在桌上，准备明天早点儿出门。

2020年1月25日（农历正月初一） 星期六 晴

早上5:30我就开车出门了，6点准时到达金银潭医院门口。护士看到我的时候先是愣了一下，和我确认完信息后，她上了车，一路上她一言不发。通过后视镜，我发现她在哭，哭了很久。

今天，我往返金银潭医院接送医护人员近30人次，一天下来，腿抖个不停。其实，我心里很害怕，万一被感染了怎么办？我开始打退堂鼓，劝自己说："要不算了吧！"但当我看到晚上又有护士发单，目的地距离医院有十几公里远，没有一个人接，就又改变了主意。

和医护人员接触多了,我才明白她们为什么轮休的时候,宁愿走路也要回家。事实上,在全国医疗救援队来之前的一个星期,金银潭医护人员都是连夜奋战,能睡到床的人只有10%,剩下的都是靠着椅子休息。然而,病人的呻吟声、对讲机24小时呼叫声不断,持续待在这样的环境里,任何人精神上都难以承受,更别提好好休息了。所以,即便在路上走4个小时,对她们来说,也是短暂的休息。了解了情况,更加坚定了我要接送那些医务人员回家。她们太累了,太需要休息了!

可是,家里人这关怎么过?思来想去,我又编了第二个"谎言",告诉老婆说自己接触了疑似病患,害怕被感染,只能先睡在快递仓库暂时隔离14天,没问题才能回家。开始老婆不听我解释,哭得稀里哗啦,后来情绪稳定后,才算同意。

2020年1月28日(农历正月初四)　　星期二　　多云

这两天支援武汉的医疗队越来越多,而我也明显忙不过来。我前天在朋友圈发布了招募符合条件的志愿者的消息,现在已经有20多个人进群,目前有6台车轮流接送医生们上下班。虽然如此,可我知道,就算自己再拼命,也只能完成每天共计300公里距离的接送任务。这远远不够,还得寻找别的资源,必须得依靠大家的力量才行。有人建议联系摩拜单车和滴滴快车,我觉得可行,就和摩拜单车、滴滴公司取得了联系,很快意见就达成了一致。我心里很高兴。

2020年1月30日(农历正月初六)　　星期四　　多云

今天,摩拜单车在医院、酒店所有的点位已经投放到位,解决了金银潭医院5公里左右的出行问题。为了配合三环以外金银潭医院医护人员的出行需求,滴滴公司把接单公里数从3.5公里以内直接更改为15公里以内。下午我又对接了青桔单车,他们准备投放400台单车,而且会专门派个团队进行调度、维护和投放,这样一来就基本解决了金银潭医院医护人员的出行难题。我松了口大气。

我没回家的这些天,每天晚上都要抽出1个小时和家人视频"演戏"。我两岁的女儿很黏我,一到晚上就吵着要跟爸爸睡,找不到就坐在角落里哭。可是我骗孩子说忙完工作很快就回去陪她,感觉很对不起孩子。等疫情结束了,爸爸再好好陪你,陪你去公园,陪你吃好吃的,陪你睡觉,给你讲故事……

2020年2月3日（农历正月初十）　　星期一　　阴

这些天跟金银潭医院的医护人员越来越熟了，他们经常会让我帮他们采买一些日常用品，比如眼镜、拖鞋、衣服、牙刷、牙膏、香皂、洗衣液等。只要他们需要，我都在。

今天，上海医疗队有两位医生过生日，我和志愿者千方百计搞来一个蛋糕，为医生过了一个难忘的生日，感动了他们，也感动了我自己。

医护人员需要一批防护鞋套，整个武汉市都断货，今天在淘宝线上找到一个商家有货，但在距离武汉市区55公里的鄂州葛店，因为商家也是一名新冠肺炎确诊患者，发不了快递。我连夜开车去取，带回来了2000双。

我每天不停地做事，不停地解决问题，我不知道自己什么时候能停下，但只要医护人员需要我，我随时都在。

2020年2月7日（农历正月十四）　　星期五　　多云

前两天看到一位护士说想吃大米饭，我心里难受了好一阵子，我要尽快帮助他们解决吃饭的问题。我到处打听，今天终于解决了！开始联系时，有餐馆老板愿意对接，也有武汉一家酒楼老板说可以免费提供饭盒，一天1500份。金滏山餐厅愿意提供就餐的场所，这样一来，医务人员吃饭问题就解决了。但是后来因为疫情期间担心食品卫生安全问题，不得不叫停。可喜的是，今天武汉一家本土企业"Today便利店"找到我，说他们每天可以提供金银潭医院所有支援团队的用餐，每天还支持滴滴车主免费午餐300份。我真心感谢他们，也替那些医护人员感谢他们！

直到今天，通过我和其他志愿者的努力，金银潭医院医护们的出行和就餐问题总算解决了，虽然中间过程很艰辛，也遇到很多挫折，但好在最终我帮他们解决了生活难题，我心里别提多自豪了，感觉整个人都要飘起来了。

疫情当前，小到个人、私人小餐馆、便利店，大到企业，他们都在用自己的实际行动为这场突如其来的疫情贡献自己的力量。

我会经常翻回去看2月2日那位护士发给我的短信："大哥，你注意身体啊！我看你到处拉物资，搞捐赠，感觉你都没怎么休息，别把身体搞垮了！"每次看这个短信，都让我泪流不止。我觉得这些天我所做的一切，再苦再累，都是值得的。

2020年2月8日（农历正月十五）　　星期六　　晴

虽然我在朋友圈发布招募和求助信息都是屏蔽家人的，但随着出镜次数的增多，任务越来越多，这件事再也瞒不住了。老婆知道后特别担心，但还是表示支持和理解，这让我很欣慰。

今天是元宵节，刚才老婆给我发了女儿的视频，看见她趴在我照片上亲了又亲，心里特别愧疚，也很想家人。但我明白自己不能停下脚步，驰援武汉的医疗队是我们的救命恩人，政府给他们安排得有饭吃，有地儿住，但细枝末节不一定照顾得到，我们这些志愿者可以查漏补缺，尽我们所能给他们提供帮助。

人这一辈子不管做什么，尽全力做，就不后悔。其实想想，我开始做这件事的初衷很简单，我做了一个简单的计算：我一天接送一个医护人员可以节省4个小时，接送100个就是400个小时，400个小时，医护人员能救多少人啊！怎么算我都是赚的。

2020年2月13日（农历正月二十）　　星期四　　晴

凌晨5点，我被冻醒了。我睡的这个仓库有些特殊，恰好建在下水管道口，潮湿阴冷。和往常一样，我拿起体温计测了下体温，不超过36℃。出门前看了下手机日历，原来，我已经22天没回家了。

晚上，妈妈的朋友看到了我的视频，电话告知了妈妈我这些天的事。妈妈和我视频，对我表示极大的支持。在亲戚朋友眼中，我从小都不是让人省心的孩子，直到现在，父母还在为我操心，帮我带孩子，补贴我的家用，还好，这次办的事儿没给他们丢脸。

这二十多天，我确实很忙很累，但特别充实。身为一名快递工作者，我送的不是快递，而是救命的人，我为自己所做的事感到特别自豪，我觉得这些天做的事真的够我讲一辈子了。

编者按语： 申莉，湖北襄阳抗疫一线护士。她参加过2003年抗击非典，在2020年新冠肺炎疫情肆虐的时候，她又一次冲在最前面。她说，这是她的责任！在抗疫的战场上，她既要保护和鼓励新战士，又要无微不至地照顾患者，在重重困难面前，她不仅没有倒下，而是越战越勇。

我在抗疫第一线为责任而战

申莉　湖北襄阳　护士

2020年1月22日（农历腊月二十八）　星期三　小雨

　　今天我上夜班，也是我到发热病房值的第一个班。早早来到科室，穿上防护服，把自己裹得严严实实的，内心还有点小紧张。进入隔离区，发现病区很大，患者也很多，有近30人。穿戴了防护用具很不方便，走路变慢，说话要扯着嗓门儿，戴着手套拿东西很吃力，护目镜上的一层雾也特别影响我为患者做静脉穿刺。因为是隔离病房，没有护工和清洁工，所以我们不仅要负责患者的护理工作，还有患者的吃喝拉撒，而且要负责收拾各种垃圾和排泄物。临时改建的病房，很多设施不到位，仅给患者烧开水这项任务都要耗费很大的精力。防护服里面的衣服也是湿了暖干，干了又汗湿。

　　一个班轮下来，我就崩溃了。为了节约防护服，也为了不浪费时间，轮一个班近10个小时，我不能喝水，不能吃饭，不能上厕所。脱下防护服，整个人就瘫在了椅子上。整整半个小时，我没有说话，也没力气动。想起1月16日那天，护士长开会说新冠肺炎疫情暴发，医院正在组建发热病房，要征集志愿者，我没有丝毫犹豫，第一个站了出来。因为我想自己平时喜欢打羽毛球，体质好，17年前还经历过非典，有一定的经验。想起培训刚结束时，一个年轻的小护士紧张得脸色苍白，不停地进进出出打电话。那一瞬间，我仿佛看到了17年前刚上班的我抗击非典时的样子。那时的我，刚过19岁，也是那样彷徨、无助，内心充满了对疫情的恐惧。我忍不住主动过去拍拍小护士的肩膀说："别害怕，我参加过抗击非典，我会带着你，保护你。"

没想到，这次的"战役"竟然这么艰难，完全不是我想象的那样。可能在非典的时候，湖北不是"主战场"，没有这么多患者。我拖着疲惫不堪的身体回到租住的小房子，躲在被窝里翻手机，看到老公的朋友圈：2003年全国非典疫情暴发，妻子主动报名到一线支援，参与救助发热患者，因欣赏、钦佩而爱上她。今又有新型冠状病毒疫情暴发，她再次主动报名到一线去参与救助，第一天下班回来，就躲我们远远的，还主动把自己与所有人隔离开，我只好临时给她找个落脚点，尽可能让她吃上口热乎饭，现在我只想说："媳妇儿啊，以后这样的机会要留给年轻人！"

呵呵，这个家伙！看着看着，我又不争气地泪奔了，但是心里却是甜蜜的，涌动出很多很多的温暖和爱。

我在朋友圈郑重地写下：2003年抗击非典，我在一线；2020年抗击新冠病毒肺炎，我决不退二线。为爱而战，为责任而战。自己加油！

2020年1月29日（农历正月初五）　　星期三　　晴

这几天，患者越来越多，工作量越来越大，每班的工作时间也越来越长。防护用具紧张，我尽量在上班前吃得饱饱的，多吃硬饭，不喝稀的，尽量避免中途上厕所，有的同事开始使用纸尿裤。口罩和护目镜把额头、鼻子、耳朵都压出深深的血痕，特别是耳朵，一碰就疼。鼻涕常常混着口罩里面的蒸汽一起流到嘴巴里，我甚至没有时间留意一下是什么味道。

我印象最深的是33床，这是一位40多岁的中年男性，他病情很严重，呼吸困难，气喘得厉害，几乎不能平躺在床上。做血气分析时要穿刺，他很配合地勉强躺下。我很想快点完成穿刺，可是护目镜上有雾，我越心急越出岔子。我一个平时穿刺技术那么过硬的护师，竟然在关键时刻穿刺不成功，心里可真不是滋味。这时，患者却很温和地说："没事，这次没抽好，再来一次，没事的。"患者本身心理上和身体上都承受着很大的压力，他们需要的是我的安慰，现在却反过来安慰我。自责让我的眼泪呼地一下又开始顺着护目镜流淌。

42床也给我留下了深刻的印象。因为怕病情发生变化，每隔一个小时，我们就要给患者测体温。而这位患者，他每次都会提前量好体温，并记录清楚数据，说是这样可以减少我们的工作量，少跑点路。虽然只是一个小小的举动，却让我们几个护理人员感动得热泪盈眶。

医院给我们准备了宿舍，毛巾、牙刷、棉被等生活用品一应俱全，饮食也有专人配送，营养搭配合理，让我们彻底没有了生活上的后顾之忧。

今天何院长代表医院领导班子来看望我们一线的医护人员，给了我很大的鼓舞。疫情就是命令，防控就是责任。接下来的日子，我一定会保护好自己，全力以赴，为这场疫情防护保卫战贡献自己的一点力量。

编者按语： 他逆行搜救感染患者，困倦和饥饿阻止不了他；她们剪去长发，穿上重似枷锁的隔离衣奔来跑去，汗水和创伤是她们战斗的勋章。他们是襄阳市第一人民医院的医护人员，他们始终坚守在战"疫"一线。

关键时刻，我们决不掉链子

九夕　湖北襄阳　作家

2020年1月27日（农历正月初三）　　星期一　　晴

"嘀嘟，嘀嘟，嘀嘟……"救护车的鸣笛声在夜色里奔驰，在璀璨的万家灯火中穿行。

救护车一般是有人拨打急救电话才出动，可是今天，因为几位新冠肺炎确诊患者，医院反其道而行之，开始了主动寻找。

襄阳市第一人民医院消化科副主任陈伟全副武装，端坐车中，手里拿着一本登记簿，上面记录着患者的电话和住址，他不时用电话和患者取得联系。

陈伟平时不善言辞，为人很低调，在医院负责传染性疾病的诊疗及科研教学等方面的工作。得知疫情消息后，他主动放弃休假，请缨战斗在与病毒短兵相接的第一线。

发热门诊是排查新冠肺炎的第一道门槛，陈伟知道自己重任在肩，所以接诊尤其严格，记录一丝不苟。他对接诊患者的信息采集非常详细，除了常规的问询，还要问现病史、接触史，问是不是从武汉过来的，等等。

起初由于检测条件有限，疑似病例的样本需要送到省里进行检测，检测周期较长。今天，医院配备了核酸检测试剂盒，终于能在本院对疑似病例进行检测了，这大大缩短了确诊时间。

当晚检测结果出来，有四位患者结果为阳性，确诊患上了新冠肺炎，但是患者都已各自回家了。怎么办？陈伟心急如焚，这种病传染性太强了，也容易聚集性发病！

疫情就是命令，尽管已经忙碌整整一天了，但陈伟认为，每延误一分钟，患者就有病情加重的危险，更有传染家人和他人的风险。他迅速将情况汇报给院领导，随后立即翻开登记簿，找到四位患者的居住地址及联系方式，逐个通知患者在家做好准备，再通知医院准备好床位……

夜深了，街道也因交通管制而通畅，接第三个患者时，爱人打来了电话，可他正在与病人家属沟通，没顾得上接。

夜更深了，第四个患者住在背街小巷里，不好找，陈伟一遍又一遍联系，最后在居委会干部和小区志愿者的帮助下，终于找到了这位患者。

一位，两位，三位，当四位患者全部入住病房后，一天的劳累顿时涌了上来。好疲惫！陈伟取下手套，双手满是白色的褶皱，用肥皂洗完手后，再依次取下口罩、护目镜，在镜中看到自己的脸上有横七竖八的拉链般的压痕。他根本不在意这些，因为这几天都是如此。

他走出医院，马路上街灯幽暗，行人稀少，高大粗壮的梧桐依然挺拔矗立。如果没有疫情，这样的夜晚该是多么的美好！夜风习习吹过，吹走了陈伟的困倦，他突然有了饿的感觉，回家后是先吃饭，还是先睡觉呢？

2020年2月3日（农历正月初十）　　　星期一　　晴

宋秀玲和陆莉是襄阳市第一人民医院的护士长。今天，她们接到院里通知，要将内分泌科和老年病科整合，更名为东区隔离病房二区，用以收治疑似新冠肺炎患者。

两位护士长一边通知所有在家休息的医护人员火速到科室帮忙，一边安排值班人员立即把现有患者转往其他科室。

科室很快忙碌起来，护士们全员上阵，边给住院患者解释，边收拾病房、清理物品、领取防护用品。很快，步行的，挂着拐杖的，扶着走的，坐轮椅的，连床一起推送的，整个走廊拥挤起来。众多住院患者在医护人员的安排下，紧张而有序地转移到另一个病区。

患者转走后，整个病区要按照隔离要求清理杂物、消毒、摆床位、铺被褥、挪柜子、搬凳子。还没收拾停当，宋护士长就在走廊里喊："大家暂停手里的活，赶紧集合培训感染知识。快点，快点！"

时间紧急，讲授感染知识的老师没有开场白，直入主题，重点针对疫情讲了预防感染注意事项，并示范如何穿脱隔离衣等。培训一结束，陆护士长说："马上就有患者送过来，今晚需要三个人到隔离病房上班，谁愿意？"话音未落，立马有护士抢着报名。

6点左右，门口有人喊："患者到了，准备接人。"后来又陆陆续续来了七八个患者。这些患者中，有一个患精神分裂症，狂躁不安，不停地按呼叫器喊护士。还有一个患者怎么说就是不配合治疗，在病房内大吵大闹。呼叫器的声音和患者的喊叫声，此起彼伏，一片嘈杂。

三名护士行动都是一路小跑，以前没有穿过隔离衣，也没戴过护目镜，突然全副武装，她们还不太适应。这些防护用具虽然起保护作用，可行动起来如套上了枷锁，刚工作了一会，原本灵巧的身躯就变得沉重起来。她们的额头上开始冒汗，衣服很快被汗水浸湿，护目镜上全是雾气，要想看清东西，甚至需要摆头把水珠甩开。

两位护士长一直坚守在岗位上，不断有患者被送来，她们担忧地说："照这样下去，今晚没准病房会满，可能需要增加人手。"

听到这话，高艳、吴兴莉、付亚文三位护士，主动提出留下来继续上中连夜班。护士长心疼她们，她们已经超负荷上了一天的班，再上中连夜，这可是二十四个小时连轴转啊！但她们向护士长保证："这是关键时刻，我们决不掉链子！"

护士长的担忧没有错，仅三个多小时，晚上十点左右，三层病房全部收满。

2020年2月7日（农历正月十四）　　星期五　　晴

襄阳市第一人民医院隔离二区的疑似患者住满了三层楼，陆莉护士长要求全体护士穿隔离衣后，衣服、头发、鞋子，在隔离衣外不能留一点蛛丝马迹。她说："这个时期付出的是辛劳的汗水，但不是悲壮的生命。我们身上的防护用具就是抵御敌人的盔甲，是防弹衣，大家一定全副武装，让病毒无懈可击。这场战役，谁都不能倒下！"

护士长的管理很严格，下班的护士都要按要求在值班室淋浴。洗完后，耳朵、鼻孔用酒精消毒。为安全起见，她们都不能回家，住在医院统一安排的地方。

隔离衣非常短缺，为了节省，大家一穿就是七八个小时，其间不吃不喝、不上厕所。一个班下来，衣服都湿透了。留长发的护士，头发湿漉漉地贴在头皮上，工作时间长了容易从帽子里散出一绺来，既不舒适，也有感染的风险。大家都觉得漂亮的长发现在成了麻烦，于是狠狠心相互剪起了头发。

有人长发蓄了两三年，日常呵护备至，一朝剪去很是不舍。听着咔嚓、咔嚓的剪发声，看着满地的碎发，心情难以名状，但没一会就又相互安慰。这场战役注定要做出一定的牺牲，有的同胞已经把生命牺牲在战场上了，区区头发又算得了什么呢？

桌子上一束束发辫是这场战争的见证，战场上没有诗意人生，没有风花雪月，只有残酷的，甚至殊死的搏斗。该割舍的要割舍，该放弃的得放弃。护士长说："现在我们是落发为兵，是白色娘子军，等到战争胜利，你们依然可以长发齐腰。"

护士们平常特别爱美，此时，隔离服一穿，都如企鹅一般。口罩、护目镜戴在脸上，挤压着面部皮肤，时间一长压痕明显，皮肤也勒得生疼，刘琳和欢欢两位护士的脸竟然被勒破了。洗脸和淋浴的时候，破损的伤口很疼。洗完后涂抹酒精消毒，酒精一擦，更是一阵火辣辣的疼。刘琳看着欢欢脸上的两个血泡，欢欢看着刘琳的红鼻子，她们相视一笑，用创可贴盖住伤口，形象滑稽得让人心疼。

刘琳和施维婧都还在哺乳期，一到隔离病房，就以科室为家，想到孩子，她们忍不住落泪。除此之外，她们还承受着涨奶的疼痛，穿上隔离衣，手就不能碰自己的衣服，更不能挤奶，乳房胀得生疼，奶水浸透了衣服。即便如此，她们也毫无怨言，对患者的护理依然一丝不苟，体贴入微。

编者按语：她是一位新冠肺炎疑似患者，在住院期间曾一度非常焦虑、恐惧、紧张，是医护人员的耐心、细心和无微不至的关心，让她渐渐安心，树立起战胜疾病的信心。每一位患者背后都站着无数用心救治和悉心照料他们的天使，他们用实际行动谱就了一首首美妙的乐曲。

世界上最走心的音乐

 马小磨　湖北襄阳　狱警

2020年2月8日（农历正月十五）　　星期六　　阴转晴

从被怀疑"疑似"的第一天起，我就熟悉了这"沙沙"声。

昨天，我忽然感到自己喘得厉害，尽管肺部CT报告结果显示还好，但血常规检查结果很不理想，而且一些症状很像是新冠肺炎的症状。这些像一记重拳把我的心慌与恐惧，甚至遗言都打了出来。

昨晚10:30左右，我被送到定点医院住下。此时，腿脚早已酸软无力，又不想直接坐在病床上，怕不干净，便在旁边蹲下休息。

沙沙，沙沙，护士姑娘匆匆走进来，她得知我是因为害怕感染而蹲在地上后，告诉我这个房间非常干净。她说，这个病区才开始收治患者，消过毒后就再没打开过，直到我进入。之后，她又沙沙奔出，沙沙返回，帮我找来日用品。

世界上最走心的音乐

沙沙，沙沙，值班医生快步进来，开始查房，她查看了我的病历和各项报告，问了疾病史及近期人员接触史后，安慰我让我别害怕，又匆匆离去。

时间已近晚上11:30，药还没送过来。我有些担心，连忙呼叫护士。沙沙，沙沙，护士姑娘走过来告诉我："今天突然收了好多患者，医生现在还没忙完。你先休息，等下医生会过来。"沙沙，沙沙，说完轻手轻脚地离开了。

正准备睡觉的时候，沙沙，沙沙，医生进来了。她再次仔细把我的几项检查结果看了看，问了一下情况，嘱咐我先休息，有情况再说。说罢，转身要离去。这么快就要走？我心里一急，脱口说："我气喘，呼吸也不顺畅。"医生笑着说："可是你嗜酸性粒细胞还好呀，是不是你太紧张了？先观察吧。"这几天的连续低烧让我整天惶恐不安。或许是她的笑声，也或许是"还好呀"这个词，让我的紧张情绪平复下来。沙沙，沙沙，医生到另一个病房去了，我渐渐安静下来，进入了梦乡。

不知什么时候，我被一阵密密的沙沙声惊醒，仔细听，从护士站到走廊的尽头，还有两人的低语，像是要给患者检查什么。

迷糊间，听见有人敲门。接着，沙沙声中夹杂了车轱辘声，一直到我的床头。睁开眼，见一名护士把早餐和一双一次性手套放到桌上。我心里一暖，暗暗感激她的细心。还未来得及道谢，她先开口说："饭盒太多，装稀饭的小饭盒被压瘪了，稀饭洒了一些，请你原谅。"我一下愣住了，很是意外，她们那么辛苦，却为这点小事向我道歉。一阵感动，我决定之后每次都站在门口接饭盒，尽量让她们少点辛劳。

她们的脸被口罩严严实实地掩着，我无法判断她们的具体年龄，但凭着其中一个叫我阿姨，猜测她们也就20岁上下，跟我女儿差不多，不禁格外心疼。是啊，在病毒肆虐的时刻，哪个父母放心自己的孩子出门？

沙沙，沙沙，这是世上最走心的音乐。我多么希望她们能停下来，哪怕休息片刻也好。我帮不上什么忙，能做的，就是配合他们，放松心情，尽快康复出院。

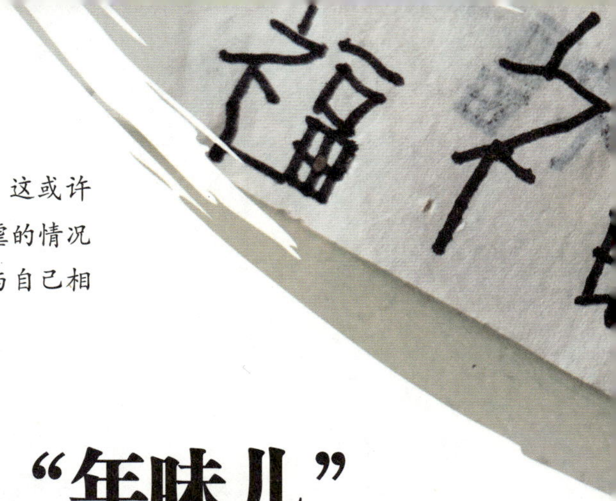

编者按语： 给孩子过一个有"年味儿"的春节，这或许是很多父母的愿望。2020年春节不同往岁，在疫魔肆虐的情况下，如何让孩子在困境里学会坚强，如何让孩子学会与自己相处则是2020年春节期间父母们的必修课。

想给孩子多点"年味儿"

李燕　陕西城固　国企员工

2020年1月24日（除夕）　　星期五　　晴

两天前，我们带着孩子寻遍了县城想给她买些烟花爆竹，但是没有看到一个卖爆竹的店铺或摊位。今年我们这个小县城也禁止燃放烟花爆竹了。我给5岁的孩子描述了一下我儿时放烟花的快乐情景，她很是羡慕。

为了让孩子感受更多的"年味儿"，我们买了几幅红彤彤的"福"字窗花。"郭小猫，快来帮忙贴窗花。"我一边擦玻璃窗，一边大声喊。"为啥要贴这个？"孩子歪着小脑袋问。"因为过新年要祈祷平安吉祥喜乐。"说到这儿，我的心"咯噔"了一下，不由地想起今天看到的湖北等地陆续启动重大突发公共卫生事件一级响应的新闻。新冠肺炎疫情似乎在一夜之间变得非常严峻了，而我这会儿还在满心欢喜地张罗过新年，心里总觉得似乎有些格格不入。

想给孩子多点"年味儿"

"妈妈,给!"孩子小心地撕下窗花上的塑料纸递给我,我接过来心不在焉地贴在了玻璃窗上。"你贴得又低又歪。"孩子后退几步评价道。"这样总可以了吧?"我撕下来又贴了上去,这次连自己都觉得歪得更厉害了。"妈妈可真笨!"孩子摇摇头,不满地走了。我拿起手机,翻看关于新冠肺炎疫情的新闻,心里越发沉重。

"妈妈,今天是除夕,带我去乐成公园逛逛吧。"孩子笑着说。"不可以,从今天起我们要安心地待在家里。你知道吗?在家里待着不乱跑也是为抗疫尽力,为国家做贡献呢。"我说。大概孩子觉得"为国家做贡献"这句话很庄严,她认真地点了点头。

"我教你写福字吧,过新年离不开福字。"我建议道。"好啊!"孩子高兴地直拍手。

"福字是左右结构,左边是个'示'字,右边是个'畐'字,表示幸福美满的意思。"我边说边写给她看。孩子开始写的"福"字左右的比例不对,而且太大、太松散了。我发现孩子不是在写字,而是对着"福"字画出另一个"福"字来。两个福,三个福……眼看着孩子写下的"福"字越来越多,写得也越来越好了。"快看我写了好多的福,祝愿每个人都有福……"孩子开心地说。

这个春节对孩子们来说一定很特别,没有春节的喜庆氛围,被禁锢在家里不能出门,而且需要面对一个可怕的新型冠状病毒。我唯一能给她的就是陪她说说话,玩玩游戏,讲讲故事,让这个特殊的春节多点年味儿。虽然她只有五岁,但是在这段抵抗疫情的日子里,我惊喜地看到了她的成长。她不仅明白了身边发生的一切,而且变得更加坚强。希望疫情能早点过去,希望所有的孩子都能健康快乐地成长!

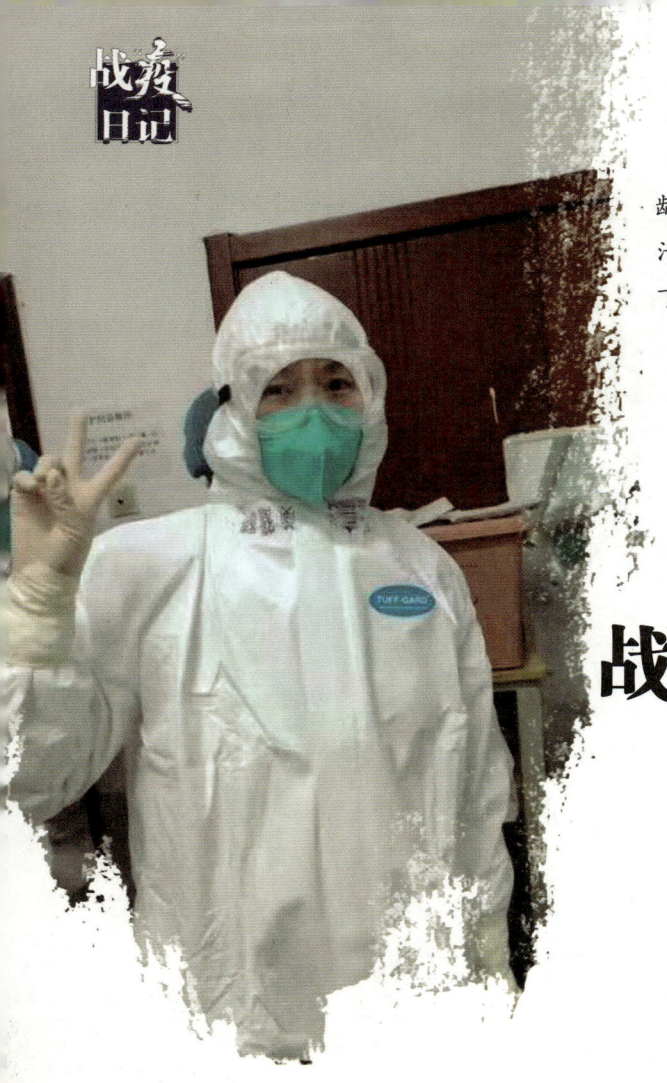

编者按语：她是一名白衣天使，在花季的年龄，冲锋在战"疫"前线。每天6小时全副武装，汗水浸透了防护服，累了，病了，依然没有倒下，用必胜的信念鼓舞着每一位患者。

战"疫"关键期，得打起精神来

张春莉　湖北襄阳　检验科医生

2020年2月1日（农历正月初八）　　星期六　　阴转多云

今天，我院抗疫狙击战的号角正式吹响。值班夜，整宿难眠，桌上的对讲机像个整装待发的号兵，准备随时对我发号施令。因为防护物资缺乏，现在还没有配备防护服。去病区拿回检测标本，检测血样分析，戴着厚厚的N95口罩感觉呼吸困难，有缺氧的反应。突然一阵头疼，原来是新罩上去的帽子太紧。科室二楼左右楼梯口被砌起的石墙封闭了出口。院落空荡荡的，风吹拂着地上的枯叶，发出一阵窸窸窣窣的声音。后面，收拾出来的病房准备收治新冠肺炎疑似患者。一格格窗户透出惨白的灯光，像是把夜撕开了个口子，一切都是未知。快半夜的时候，本院发热门诊的医生因为不舒服前来就诊，浑身捂得只剩个眼睛，一时难以辨认，陡增几分惊悚。子夜时分，因为院里救护条件有限，120救护车拉走了4例确诊患者，送往市中心医院救治。急诊科预检分诊的医护人员整晚都在关注着住院楼的动静。连院子里的老柿子树都展开悲悯的手掌似在祈福苍天：祈求上苍让疫情快点儿过去！

2020年2月4日（农历正月十一）　　星期二　　多云

今天是立春。外面阳光明媚，可是明媚的也只有阳光。

随着医院收治的新冠肺炎疑似病例越来越多，我院的200张床位已经快被占满了。标本量也是越来越大。检验科每人每天要处理近100份的血样检测。特殊时期，没有谁的工作是容易的。每个人都在超负荷运转。抗疫形势日益严峻，欣慰的是市民的防控意识较强，减少了疫情扩散的可能性。明天我也要转移阵地了，要深入病区，支援临床，准备和万恶的病毒短兵相接了，但在这之前我要先去参加一个二级的防护培训。进入传染区工作以后，需要和家人隔离，我们医护人员被集体安排在医院对面的宾馆里，直至任务结束才能回家。

2020年2月10日（农历正月十七）　　星期一　　多云转晴

今天，我病倒了。在隔离病区连续奋战了5天，每天6个小时全副武装，不吃饭，不喝水，不上厕所，在病区里里外外、楼上楼下地跑，加上上周雨雪天气，气温骤降，出来就成这样了。头疼、咳嗽、胸闷，其实这几天一直都有这些症状，但当你面对繁杂、紧张的战斗场面时，根本无暇顾及个人的感受和不适。今天体温突然升高，身体提出抗议，起不了床了。已经做了胸部CT检查，结果无异常，为大家的健康安全着想，我只能暂时在后方休整了。

疫情形势越来越严峻，现在已经征用了学生公寓作为临时病房，确诊患者越来越多，重症病例不断增加，超负荷的工作运转，累到崩溃的医护人员……我突然有了一种想哭的感觉，我这颗铁打的心，也有不堪一击的时候。

昨天带9个疑似患者去做CT。他们穿着清一色的白色连体防护服，目光稍显无助，人与人相隔一米站在场地上候诊，我心里暗暗祈祷，祈祷他们的检查结果一切正常。我多想告诉他们，无论怎样都需要打起精神来才能和病毒战斗，只要有信心就一定能战胜病毒。

编者按语： 杨艳梅，党校教师，一位普通的党员干部，在此次防控疫情当中，下沉到社区，与社区同志一同开展疫情防控工作，形成联防联控、群防群治的疫情防控强大合力，切实维护居民的生命安全和身体健康，为坚决打赢疫情防控阻击战贡献自己的力量。

元宵值守一家亲，全民抗疫一条心

杨艳梅　北京　党校教师

2020年2月8日（农历正月十五）　星期六　晴

今天是元宵佳节，一个阖家团圆的日子。往年此时红灯高挂、烟花缤纷、热闹非凡，可今年却没有了往年的欢乐氛围。

当元宵节遇上新冠肺炎疫情，钟南山等医学专家"研当以报效国家为己任，学必以服务人民为荣光"，潜心研究新型冠状肺炎病毒；白衣天使们争做"最美逆行人"，奋战在抗疫一线……作为一名普通党员干部，我下沉到社区进行疫情防控值守，过了一个特别而又充实的元宵节。

今天是晚班，为了让上一班岗的同志早点回家，再加上道路结冰，我匆匆吃过晚饭便开车去接班。这是我第五次来到这个社区值守，所以对这里已比较熟悉。一过来，社区共同值守的同志们便相互寒暄、相互问候、相互打气，让人虽身临严冬心里却添了几分温暖。这个社区并不算大，但因为都是塔楼，居住人员还是相对密集的。为此，街道和社区工作人员早早宣传、动员，在前期开展

分层次、地毯式排查及办理临时出入证的基础上,将当前工作重点放在联防联控上,严格按照流程对返京人员进行登记和监测。工作强度虽然不大,但需要极强的耐心和较好的体力。

今晚的月亮明亮而美丽,真有点挂念家里,不知道家里的两个孩子在干什么。这时,街道办的领导带着已经煮好的汤圆来慰问,我接过汤圆,顿时感觉一股暖流涌上心头。

社区是疫情联防联控的第一线,基层的党员干部们深知责任重大。所以疫情发生后,广大社区工作者、志愿者、党员干部等都是舍小家、顾大家,默默地守候在小区门口。他们大都和我一样孩子还小。有个在社区工作的大姐已有好几天没能看到孩子了,但她不敢打电话,因为不忍心听到孩子哭着喊着要妈妈。可当我问她后不后悔时,她坚决地说:"不后悔,因为我是党员。"她还告诉我:"作为社区工作者,最大的满足就是能够得到社区群众的理解和支持。前段时间下大雪,有的居民送来棉衣和巧克力,还有个三十来岁的女士手提四个大暖水袋送给我们,上面还用便签写着'你们辛苦了,我们有信心战胜疫情',当时就觉得做什么都值了。"我听了她的话也很感动,一方面被默默奉献的广大基层工作者所感动,是他们用为人民服务的初心筑起铜墙铁壁,保卫着社区居民的安全;另一方面也被善良的群众所感动,有了他们的理解和配合,定能攻克难关、战胜疫情。

天上的明月依旧皎洁明亮,我却从中读出了大爱和大义,我不禁在心里默默祝福:疫情早点过去,千家万户都可以早点团圆。

战疫日记

编者按语：他是军人，军令如山，为了战"疫"胜利，无法回家团圆；她是军人家属、一位身怀六甲的二胎孕妈，能够理解他，做他坚实的后盾，让他免去后顾之忧。

家里有我，你放心吧

 庞硕　北京　教师（军嫂）

2020年2月1日（农历正月初八）　星期六　晴

今天是宅在家里的第9天。

吃过午饭，你打来电话说你值完班不能回家了，必须留在单位继续工作。电话里，你歉疚地对我说："接到上级命令，除外地回京人员可在家观察隔离14天外，所有人必须回部队，回到自己的岗位。并且要做好长期不能回家的准备。"这简直是个晴天霹雳！我心里一阵烦闷，怎么家也不能回了？没等你说完，我郁闷地挂断了电话。唉，不知道当时怎么那么大的火气。

其实，挂断电话我就后悔了。且不说你是一名军人，军令如山。只看这非常时期，有多少普通劳动者还一直坚守在自己的岗位，有多少医护人员冒着生命危险不断逆行而上。现在想来，我是多么后悔当时没有支持你、鼓励你呀！

记得大年三十，你放弃了我们一家人团圆过年的机会，选择替同事值班。你对我说："同事的老家在外地，回去一趟不容易，这一天班我替他值了吧！"我不高兴，觉得你犯傻，就讽刺你："就你一个人高风亮节！"你不生气，还傻呵呵地冲我一笑。其实，别看我当时嘴上说你，心里更多的是赞许。

今天你又突然告诉我部队要封闭式管理，连家也不能回了。百感交集，本是心疼你，却冲你发了脾气，实在是既后悔又汗颜。疫情当前，比起那些奋战在最前线的医护工作者，那些临危受命奔赴湖北的解放军，那些公安人员，那些社区工作者和志愿者，那些日夜赶工的建筑工人，那些快递小哥、清洁工人，那些饱受折磨的患者，那些焦灼不安的家属……我们实在太幸福了。如果再做不好自己的本职工作，再不支持亲人做好本职工作，又怎能心安呢？

亲爱的老公，你安心工作吧！家里有我，一切放心！

2020年2月5日（农历正月十二）　　星期三　　雪

今天是宅在家里的第13天。

起床后，看到窗外下雪了，从窗外望去，地面已经被白雪覆盖了薄薄的一层，小区显得愈加安静了。除了能看到在雪中值班的几个工作人员，还有树上的几只麻雀外，看不到一个居民。看着那纷纷扬扬的雪花，在空中不疾不徐地飘呀飘呀，昨天还焦躁不已的心情忽然变得平静下来。灾难会过去的！这场雪后，就能听到春天的脚步声了吧！

中午，你给我发了一篇《疫情当前，孕妈妈如何安全防护》的微信推文，又问我周五的孕检都有什么检查项目。我心头一暖，没想到你还记得我这个二胎妈妈的孕检时间。你在微信里对我说："非常时期，没有极特殊的情况不能离开岗位，单位里有同事，爱人都快生了还没提请假……如果这次检查非常必要，我就让哥开车送你去。如果检查不太重要，你也别冒险去医院了，暂时缓一缓。"我告诉你，已经给海淀妇幼保健院打过电话，医生告知可以过一阵再去。你人在部队工作，心还牵系家庭，窗外虽飘着雪花，但你可知道，我心里是多么温暖和感动啊！

晚上，你给我发视频，我看到了你的宿舍。小小的房间，一张硬板床，一条绿军被，床边立着一台电暖气，你离家在外又是多么不容易呀！三岁的儿子跑到手机前问："爸爸，你在哪儿？外面下雪了！"你告诉他："爸爸在部队上班。最近在闹传染病，外面的空气中藏着看不见的病毒妖怪，下雪了也不要出门！等到春暖花开的时候，爸爸带你出去玩儿！"我忍不住插嘴："等春暖花开了，咱们的二宝也该出生了！"这是多么让人憧憬的日子啊！

多希望，春暖花开的时候，疫情也消除了，每个家庭都能愉快地外出踏青赏花，孩子们牵着风筝在草地上自由奔跑。此时此刻，每个人都在为了这个目标尽自己的一份努力。短暂的分开，又算得了什么呢？

亲爱的老公，安心工作吧！亲爱的宝宝，在妈妈的肚子里好好地成长吧！我们一起等着战胜疫情的好消息！

2020年2月8日（农历正月十五）　　星期六　　晴

今天是元宵节，是宅在家的第16天。

中午，我给你打电话，问你过节吃了什么好吃的。已经快1点了，你还没去食堂，饿着肚子在办公室加班，当听说今天是元宵节的时候，你感叹道："忙得日子都过糊涂了……"

下午，我们学校年级组召开了"停课不停学"的视频启动会，随后我们语文备课组又在线讨论了"停课不停学"期间的学习内容和学习形式，每个老师都接到了相应的工作任务。

线上讨论结束后，我马上开始行动。按照群里发来的教程，学习如何直播。

几个小时下来，有点腰酸背痛，但心里是前所未有的充实与畅快！非常时期，除了宅在家里，总要做一点事情！哪怕为他人、为国家尽一点绵薄之力，也能获得一份价值感！从明天开始，做一名"主播"，把有趣的知识传递给孩子们，把温暖和信心传递给孩子们！

今天是一个不同寻常的元宵节，"东风夜放花千树，更吹落，星如雨"的场景没有出现，但我相信，街上的人潮很快会恢复！阖家团圆的日子，不远了！

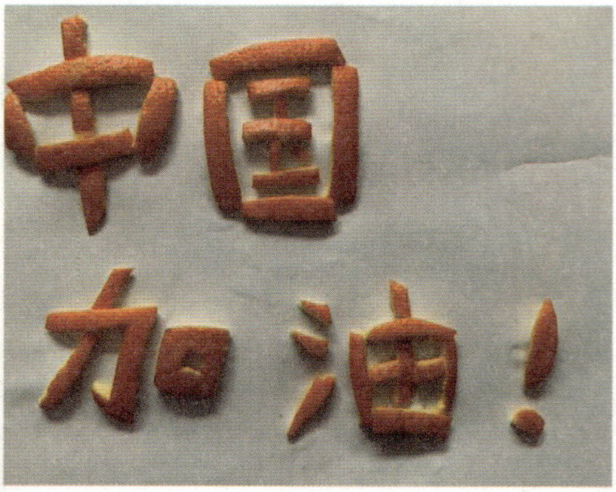

编者按语： 他是一名中国共产党员，在国家需要之时，他没有忘记军人的誓言，毫不犹豫地又一次穿上"军装"，像哨兵一样担起守护小区安全的工作；他也是一名退伍军人，退伍不褪色！

我曾经是军人，这会儿就该冲在一线

杜宗林　四川成都　退伍军人

2020年1月27日（农历正月初三）　　星期一　　小雨

自从武汉封城后，新型冠状病毒疫情就成为全民关注的对象。大年初二，小区党支部书记王玲在党员群征集志愿者，希望党员同志发挥先锋模范作用，冲在新冠肺炎疫情防控的最前面，同工作人员一起把好小区入门的第一关。作为一名党员，一名西藏退役军人，在国家、民族危急关头岂能退缩？于是，我毫不犹豫报名加入志愿者团队。

今天一大早，我就去了物业等待分配任务。工作人员给的任务是：留在二号门，协助物业人员对进门业主和出入车辆做询问登记。

我站在二号门入口处，像哨兵一样守护着自己的家园。每当有人要进门，我就微笑着按下身旁的白色按钮，待其相距1米左右，再仔细询问从哪里来，到哪里去。小区秩序队员则拿着红外线体温计对进门者测体温，绿灯一闪表明体温正常，准予放行。

对背包和提箱者须重点盘查，并做好详细登记。因为很多业主不认识我，难免出现尴尬，常有业主对我说："我就是外面店子上班的，你不认识啊？新来的吧？""我刚才出去，你咋就忘了呢？"即便如此，我还是坚持说服他们做登记。疫情当前，社区防控是基础，我们就得做好这最基础的工作。

2020年1月28日（农历正月初四）　星期二　阴

疫情形势越来越紧张。上午9点，工程部刘主任来电话，让我马上到服务中心报到。

我赶到服务中心后，刘主任递过来两张纸，上面密密麻麻印了业主的联系电话。要求我挨个和业主通电话，询问业主家里有无湖北返回人员。

一个上午，我前后打了60多个电话，并一一登记清楚各家情况。打完最后一个电话，我口干舌燥，头昏眼花。

中途和刘主任去一家有武汉返回人员的业主家摸查情况。刘主任上前敲门。半响，门开了个缝儿，一个中年妇女探了半个头出来。刘主任交代要做好隔离，不能随意外出，随即递上一张"温馨提示"过去。30分钟后，该家有两人被穿了防护服的"110""120"接走。晚上8点多，两人被确诊为新冠肺炎病人，于是我们小区就上了"黑名单"，被彻底隔离。

回到家，妻子责怪我说："新冠病毒潜伏期那么长，现在从你身边经过的人谁也不知道他是否携带病毒。别人都是躲着病毒走，你是上赶着往跟前凑！"我知道她是担心我。我笑着说道："别担心，我身体结实，抵抗力强，百毒不侵。再说了，我是军人出身，这会儿就该冲在一线！"

吃完晚饭，我翻出电子琴，边弹边唱。几曲下来，妻子心情也好了，我俩载歌载舞："我们的祖国是花园，花园里花朵真鲜艳，和暖的阳光照耀着我们，每个人脸上都笑开颜……"

编者按语： 儿女再大都是父母的孩子。女儿为大家、舍小家，奔赴一线战"疫"；父母忧虑女儿安全，寝食难安，却心生自豪，以女为傲。

女儿，我们以你为傲

尚庆学　江苏连云港　教师

2020年1月23日（农历腊月二十九）　星期四　阴

除夕前的夜晚，天阴沉沉的，昏黄的灯光在潮湿的雾气中显得格外浓重。

我的小外孙收拾好书包，等待在赣榆区人民医院上班的女儿接他回家过年。说好5点来，却一直不见人影。

手机响了，女儿说她不能来了，要执行抗击新冠肺炎的医疗任务，马上进入隔离室，过年无法回家，具体什么时候出来也不清楚。我的心咯噔一下，不知说什么才好。我知道，武汉已经有十几位医护人员不幸被病毒感染；与病人近距离接触，很危险。老伴儿开始担心起来。

女儿似乎猜出了我们的心思，宽慰道："没什么，我只是惦记着孩子的学习，晚上没人监督辅导他做作业怎么办？"

女儿不谈自己的危险，把话题转移到孩子的学习上来，我也故作淡定地宽慰她："孩子的学习你不用惦记，我会过去辅导的。"

通话很快结束，不一会儿，女儿传来一张身穿隔离衣的照片，她的脸蒙在大口罩里，看不清什么表情，是紧张，是坚毅，还是忧心，或许都有吧。

老伴儿一见女儿的照片，立刻抽泣起来。我看看正在玩耍的小外孙，立刻劝住她："如果孩子问你为什么哭，如何回答呢？"

我给女儿发了一条微信：你要充满信心，安心工作，家里和孩子尽管放心。

此后一直没有回音，老伴儿让我打电话过去。我确实想和女儿再通一次话，可是我没有打。我知道，

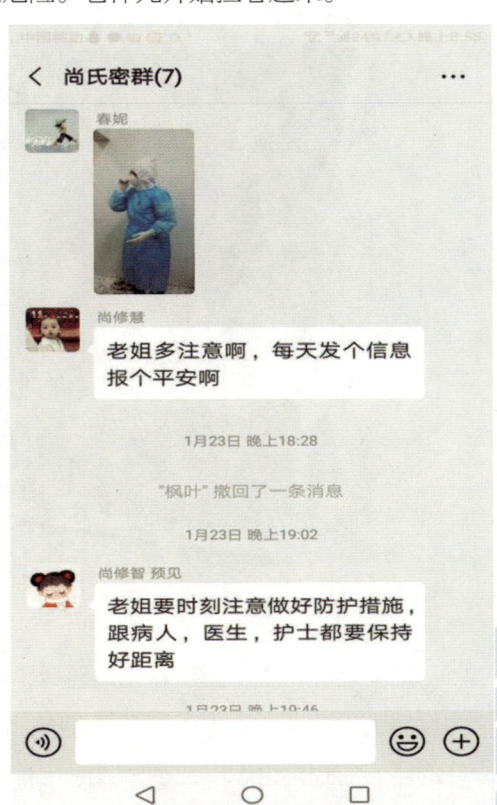

此时她一定忙着做各种准备，打过去也没时间接，就算有时间接，也只能让她分心，有什么意义呢？

女婿来接小外孙，老伴儿抽泣着迎上去。见此情景，女婿安慰说："别担心，没什么事。"

小外孙欢快地拎着书包上了车，我把车门关上，车却很长时间没有发动。我从车窗里看到女婿正在看手机，可能看到了女儿那张穿着隔离衣的照片，他看了许久，才开着车子离去。

2020年1月24日（除夕）　　　星期五　　　晴转多云

老伴儿一夜未眠，想发信息问女儿的情况，又不敢贸然打扰。好不容易挨到早晨5点，才给女儿发了一句语音："你睡醒了吗？"

然后焦急地等待，没有回音。快8点的时候，女儿的回复来了："没事的，我马上要上班了，晚上再说吧。"

看了回信，我不想再说什么了，老伴儿仍不想作罢，让我告诉女儿要如何如何注意、如何如何小心。我说："你说这些有什么用，女儿还能不知道？"我只是惦记着，从早上8点到晚上8点，女儿要连续上12小时的班，然后才能出来休息，这么高负荷的工作量，她能不能吃得消。

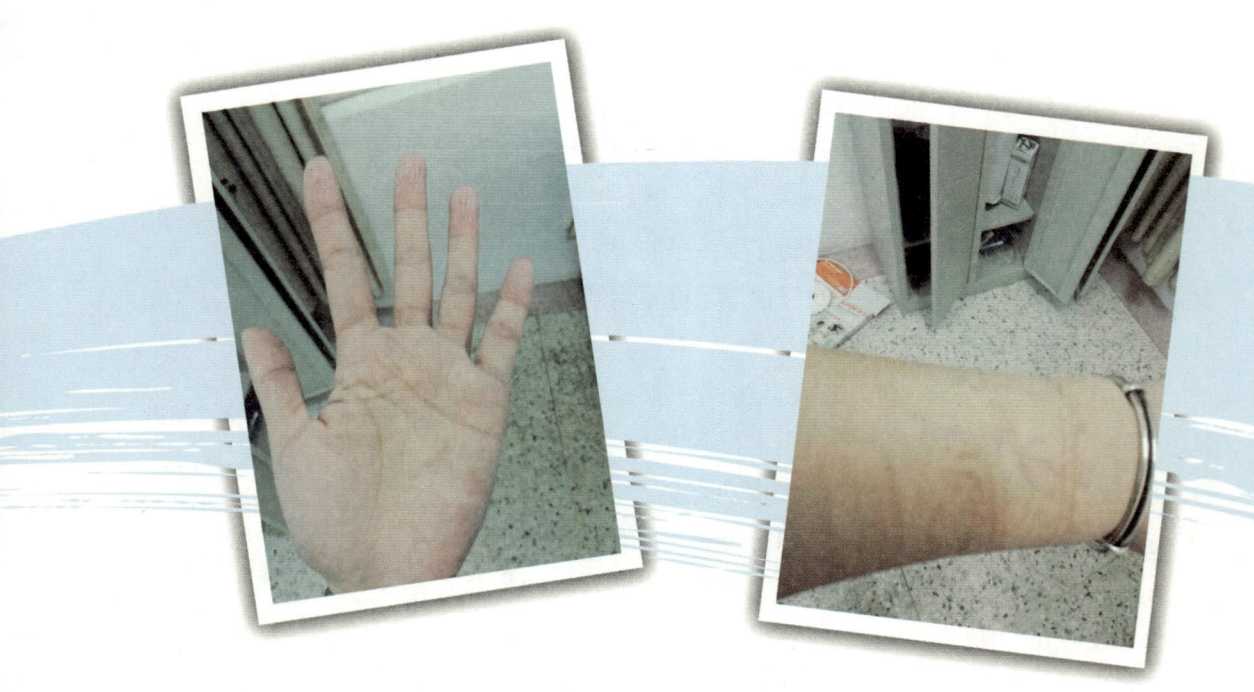

除夕之夜，我们正盼着和她通话，女婿转来两张照片。一张拍的是女儿脱下防护服的手，因为反复消毒冲洗，手上布满了细细的血口子；另一张是女儿的手腕，它被防护服勒出了一道道血红的印迹。我再也忍不住了，眼泪一涌而出。

很快，女儿在微信群里亮出了自己身穿防护服的照片，面露笑容，还写了一段祝福亲人们新年快乐的话。虽然是春晚时间，微信群立刻有了反应。年轻的纷纷点赞，称她为白衣天使、抗疫英雄；年纪大的则送去真挚的关怀，叮嘱她一定注意安全。我和老伴儿不知说什么好，最后短信发了这样一句话："闺女，你是我们的骄傲，更是你弟弟妹妹的榜样。"

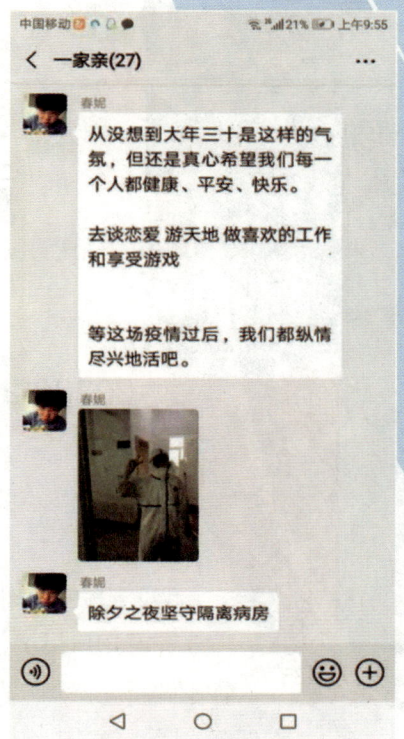

女儿说她好想哭。或许是除夕之夜离别家人的感伤，或许是面对亲人们的关怀和鼓励而感动，我想都有吧。

我在暗暗鼓励自己，也暗暗鼓励女儿，凭着她一颗真挚的爱心，她一定能够带着胜利的微笑归来的。

我热切地期盼着……

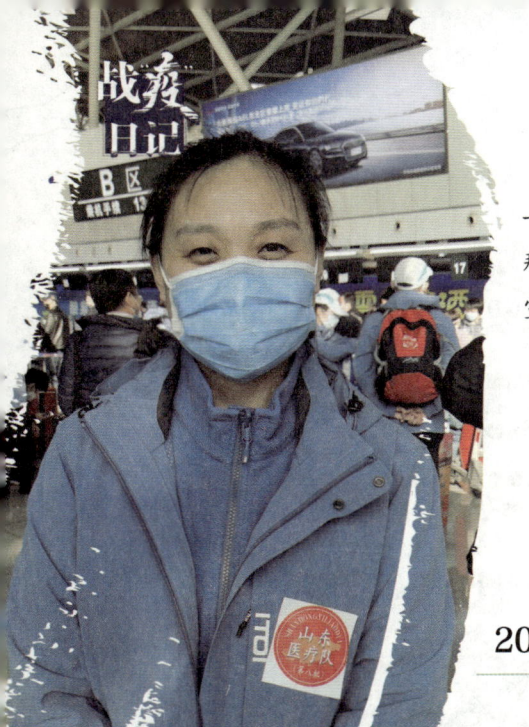

编者按语： 她是一名护士，毅然提交请战书奔赴武汉抗疫一线。离开才10个月大的孩子，她心有万分不舍，但看着武汉有那么多同胞正在遭受疫魔的侵袭，她和自己的队友们一起向病毒宣战。

武汉，我来了！

孙晓宁　山东宁津　护士

2020年2月10日（农历正月十七）　　星期一　　晴

凌晨2点的武汉，夜色沉静如水。一路奔波，我们到了住宿的酒店，经过几个小时的整顿，终于收拾妥当。此刻，距离我接到来武汉支援的通知整整19个小时。面对窗外陌生的城市，思绪万千。

2月9日早上，我像往常一样早早来到医院，准备去给几个科室的护士做新冠肺炎防护培训。刚到办公室门口，主任面色凝重地叫住了我，低沉的话语在耳边响起："医院要派一名护士去武汉，你之前交过请战书，在名单之列。"我毫不犹豫地说："我去！"主任担心地说："你孩子才10个月，家里能离得开吗？要不先和家里商量一下吧。"我说："不用商量，从疫情发生的那一天，从我递交请战书的那一天，我就时刻准备着，孩子也已经提前断奶了，家里老人、孩子都有我爱人照顾着，没问题。"主任说："行，那去院办吧，院长要和大家谈话。"

院长看见我的第一句话就是："你孩子这么小，去那么远的地方，能行吗？"我说："您放心，没问题！""好样的，时间紧迫，长话短说，到了武汉一切行动听指挥，注意安全，重中之重的是做好自身防护。办公室马上帮你准备生活用品，少什么一定要说，别委屈自己。"院长一句句朴实的话语让我热泪盈眶。

随后的几个小时里，同事们忙着为我收拾行囊，我匆忙回家看了看父母还有两个孩子。不到十个月的二宝什么都不懂，抱在怀中一直笑，她不知道，未来很长一段时间，妈妈都不能陪在她身边；刚满五周岁的大女儿则是偷偷躲进了卧室，哭成了泪人。我狠下心，离开了家，老人、爱人、孩子，一个都没让送出门，我甚至不敢看他们的眼睛，不敢说一句告别的话语。刚到楼下，老公发来微信："媳妇，我以你为荣，照顾好自己，家里一切有我，我和孩子等你回家。"顿时，我泪流满面。

送行仪式后，我踏上了去济南机场的路。路上，电话、短信响个不停，亲朋好友得知我要去武汉，担忧的同时伴着各种叮嘱，给了我温暖和勇敢前行的力量。2月9日晚上7点30分，我和队友们平安落地武汉。看着曾经热闹的城市，如今变得冷冷清清，心里感到酸酸的。上学时就有个愿望，想去武汉大学看樱花，一直未能如愿，如今却怎么都没想到会以这样的形式第一次踏上这片土地。接下来，我将和我的队友们为了这座城市、为了这座城市的兄弟姐妹，向病毒宣战！加油，武汉！我们一定赢！

2020年2月16日（农历正月二十三）　　星期日　　雨夹雪

2月15日晚上8时，武汉雨雪交加，还有半个多小时我就要跟队友们一起出发，进入属于我们的"太空舱"——方舱医院了。已经连续准备几天了，今天终于可以进舱去救治患者，心里还有一丝紧张与激动。出发前，领队一次次强调：一定要做好自身防护，一定要做到零感染，要把大家平安带回山东老家。我生平第一次穿纸尿裤，路上大家笑着说小时候都没穿过纸尿裤，没成想现在倒是补上了。

伴着繁星，我们准备进舱了。最先接触到的是一位四川的小姐姐，无微不至地帮我们穿防护服，不厌其烦地一遍遍查看我们的装备；保障组的小哥哥细心地在旁边帮我们准备护目镜，担心我们进去以后护目镜模糊无法工作，他想尽各种办法帮我们调试，还在耳边不停地念叨着：你们要注意互相检查，一定要注意防护！终于，在他们敬畏的眼神中，我们顺利进舱啦！

紧张有序的交接班后，我们的工作进入了正常流程。因为刚进舱，护目镜还是清晰的，趁着这时候抓紧进行电脑录入工作整理。因为身上穿着厚重的防护服，手上又戴着双层手套，感觉自己行动起来就像个年迈的老人，手指都不能熟练地敲打键盘了。夜深了，我和队友们静静地穿梭在病区的各个角落，看着安然入睡的患者，心里感到前所未有的平静。与队友无意中抬头对视时，虽然隔着模糊的护目镜，却依然可以"看"到大家互相鼓励的目光。

忙碌的时间总是特别快，一眨眼就到了凌晨3点钟了，感觉自己的肩膀已经僵硬。就在这时，一个高个子男孩突然站在我面前说："护士，我现在很烦躁，睡不着，特别难受。"和他聊天后，我得知他是因为对疾病恐惧的心理压力过大，于是我找各种话题和他聊天，恨不得把自己知道的所有知识都拿出来与他分享，唯恐不能更好地帮他疏导心理压力。经过四十分钟的交流，男孩慢慢卸下了思想包袱。从他的眼神里，我看到的是一个充满朝气的大男孩对生命的渴望，对健康生活的期盼，而这也更加坚定了我要竭尽所能帮助他们的信心。

今天早上6时，我们陆续出舱。摘下早已模糊不清的护目镜，面部都是压痕，鼻梁红红的，在舱外等候的院感防控人员开始为每名队员喷洒消毒液。10个小时滴水未进的我，此刻感觉能喝下一暖壶的水，但在这之前我们必须要认真仔细地洗脸、刷牙、清理鼻腔和耳道，保护自己的同时也是在保护队友！洗漱完毕，透过房间的玻璃窗，我第一次看见了武汉的太阳。暖阳下，我仿佛看到：不久的将来，樱花树上下人们都摘下了口罩，迎着春风，在恣意拥抱，开心大笑……

编者按语：他是一名普普通通的护士，和千千万万的抗疫战士一样，坚守在与新冠病毒战斗的前线。为了有更多的团圆，为了有更多的相守，他放下千里迢迢赶来团聚的父母，舍掉难得一聚的温暖，穿上厚厚的防护服，去了距离病毒最近的地方，因为他知道，他与家人的分离是为了更多的患者能回到家人身边，为了更多的子女能围绕在父母膝前。

所有坚守，都是为了更好的团圆

赵志清　山东宁津　护士

2020年1月23日（农历腊月二十九）　星期四　晴

今天，为了去天津陪爸妈过年，我特意跟同事调了一天班。想想下午就能见到爸妈了，真开心！

下午2点，我简单收拾好行李，准备开车去天津。刚要出门，突然接到护士长的电话："志清，抓紧来单位一趟，护理部有任务。"挂了电话赶到单位才知道，新冠肺炎疫情来势汹汹，从今晚开始我要作为医院第一梯队队员，正式进入发热门诊值班。就在昨天，我刚刚签下请战书。

下午4点，医院感染管理科主任为我们进行了新冠肺炎防护知识培训，讲解了发热门诊工作流程，并一再叮嘱我们工作中一定要做好个人防护。

下午5点，我们开始在发热门诊备战。为了节省防护物资，12个小时里我们尽量不喝水，不去厕所。第一次感受到长夜漫漫……

2020年1月24日（除夕）　　星期五　　晴

早上从医院下班回到家，困极了，倒头便睡。

下午3点，猛然睁开眼：坏了，忘了跟妈妈说一声。昨晚就该到天津的我，此刻还在宁津。打开手机，几十个未接电话，都是妈妈打来的。赶紧拨过去，没等我说话，就传来妈妈焦急的声音："熊孩子，你去哪了？怎么回事啊？我打了这么多电话都不接，急死我了……"听着妈妈一连串焦急的发问，突然间觉得喉咙被堵住，不知该如何开口，只是告诉她我有任务，不能陪她过年了。

"妈，单位工作忙，我不能去天津陪你和爸过年了。"我是独生子，面对来势汹汹的病毒，怕妈妈担心，我生平第一次选择对妈妈撒了谎。

"啊？怎么这样啊？咱不都说好了吗？"沉默几秒钟后，妈妈说："工作要紧，要不我和你爸去看你吧？"就这样，爸爸妈妈最终还是在深夜11点赶到了我这里。房门打开的那一刻，看着他们长途奔波的样子，我心里有种说不出的难受，却又感到很温暖。

今天大年三十，理发店都关门了。晚上吃完饭，我央求妈妈把我的头发简单地剪短了，为了穿脱防护服时更方便。这时爸妈才知道，原来我到了离病毒最近的地方工作。妈妈偷偷哭了，可是却没开口阻拦我……

2020年1月25日（农历正月初一）　　星期六　　阴

早上从医院值班回来，进门喊了好几声爸妈，却没人回应。桌上放着一张字条，是妈妈的字迹："志清，我和你爸回天津了。冰箱里都给你存满了，够你吃一段时间了。一定保护好自己，你是妈妈的好儿子，加油！"打开冰箱，看着塞得满满的蔬菜、水果，还有包好的饺子，我泪流满面……给妈妈打电话才知道，原来他们根本就没放假，可是为了回来陪我吃顿团圆饭，愣是千里迢迢赶到宁津，今天早上又匆匆赶回了天津，怕打扰我工作，也没跟我提前说。

挂断电话，耳边都是爸妈的叮咛，心里酸酸的。短短两天的时间里，我经历了人生中无数个第一次：第一次写请战书，第一次把头发剪到最短，第一次穿"猴"服，第一次被隔离，第一次失信于妈妈……

真希望疫情早点结束，我要去天津找爸妈，吃着妈妈炒的菜，再陪爸爸好好喝一杯……

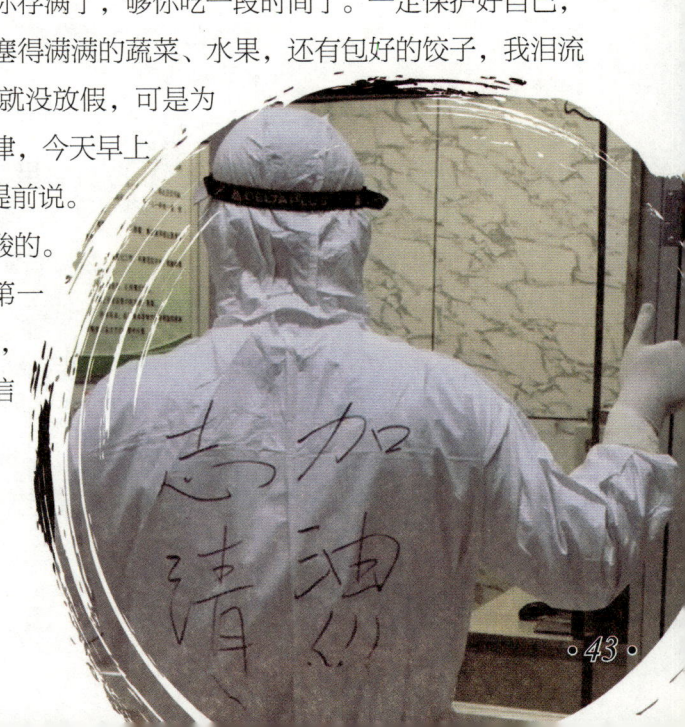

编者按语： 她是杨家岭革命旧址的工作人员。面对来势汹汹的疫情，她坚守着阵地，践行着文博人的责任与担当。

坚守阵地等春来

♥ 张茁　陕西延安　杨家岭革命旧址工作人员

2020年2月1日（农历正月初八）　　星期六　　小雪

往年这个时候，正是陕北闹红火（庆祝节日）的时候。街上到处张灯结彩，人们走亲访友互拜新年；秧歌汇演、看灯展、逛庙会、转九曲黄河阵……

而今年，冷清的街道上偶尔会有几个人走过或几辆空荡荡的公交车驶过……

今天我值班，吃完早饭戴好口罩出门。

到文博系统工作以来，每逢春节，我都在单位值班。随着人们的观念由"春节不出门"变为"春节出门去旅游"，我也习惯了每年春节假期到岗上班，迎接来自全国各地的游客。

记得去年我值班的那几天，每天来杨家岭革命旧址参观的游客都有上万人，好人好事与志愿

者热情的服务成为杨家岭的一道美丽风景线。然而在今年这个非常时期,旧址内空无一人。天空飘着雪花,整个旧址在一层薄雪中显得非常宁静。

在这个特殊时期,面对来势汹汹的疫情,我们坚守阵地,为抗击疫情做贡献,践行文博人的责任和担当。

怀着这种信念,我们的值班人员在严寒中,迎着风雪劝阻来客。

怀着这种信念,我们的同志放弃了与家人团聚,坚守岗位确保安全。

怀着这种信念,我们在办公区没有暖气、室外寒风刺骨的条件下,仍然负责上报信息,直到深夜。

"让我继续值守吧,少一个人出来,就少一分危险。"——这是多么无私而又深情的话。

我们通过电子显示屏、微信群、短信、倡议书、播放器、横幅、宣传牌、围挡等各种方式进行防疫宣传,做好检查、登记、量体温、消毒等事宜,全力以赴做好防疫保障工作。

疫情就是命令,防控就是责任。我们进入"战时"状态,做到守土有责、守土尽责。

在这场没有硝烟的战争中,我们虽不是奋战在一线的医护工作者,但在疫情期间,我们会在坚守中等待那云开雾散、春暖花开!

编者按语：他是一个普通人，在这个不一样的春节里，为武汉封城后留下来坚守的人们担忧着，为除夕火线驰援武汉的医务人员感动着，为小区人们因疫情拉近的关系而开心着。人间有真情，人间有大爱。

不一样的春节

金步摇　陕西西安　某工业集团员工

2020年1月24日（除夕）　星期五　多云

除夕夜对中国人来说是多么重要啊！这一晚已经成了我们的精神符号，万家团圆，辞旧迎新。辛苦一年的人们，在此时与家人围坐，送出吉祥，接受祝福。

这是个不一样的大年夜，人情迫不得已为疫情让道。虽然人们依旧贴对联，吃饺子，看春晚，但在饭店预订的年夜饭和家庭聚会等节日安排基本都取消了；西安比较繁华的地段"大唐不夜城"绚烂多姿的灯光依旧闪亮，但少了往日里摩肩接踵的赏灯人。病毒的气息似乎弥漫在大街小巷。

今夜，我第一个问候和祝福的是一个武汉的朋友。我曾吃过他从武汉带来的热干面和周黑鸭，也曾听他动情地说起过武汉大学的樱花。他本计划年后来西安的，而今我没看到他发一条朋友圈，不知道在武汉封城之下，他和他的家人是否安好。

"我还好，在家关着呢，武汉这次情况很严重。我现在还好，但曾接触过疑似患者……""武汉缺物资，我表哥每天坐诊，只有口罩防护……"大灾面前，觉得一切安慰和祝福的话都有些空洞，我撇了手机，呆坐。

年夜饭减了一半菜，草草吃了，照例坐在电视机前看春晚，只记住一个节目，那便是几位知名主持人朗诵的《爱是桥梁》。那句"隔离病毒，但不隔离爱"让我感动。是啊！只要有爱，便有希望。

西安西京医院、唐都医院及空军第986医院的143名医护人员于大年夜挺身而出，驰援武汉。陕西是块福地，老百姓们一般不愿意远行，可一旦国家有需要，他们会在第一时间奔赴战场，这正是他们的可敬之处。英雄也是和我们一样的血肉之躯，病毒并不会绕着他们走，愿这些白衣天使们早日平安归来。出征的视频看了一遍又一遍，写下这段文字时，我已泪流满面。

　　跟这些逆行者相比，我觉得自己很渺小，什么也做不了。假如病毒横行西安，先不说为社会做贡献，就说我将拿什么去保护自己和家人呢？一直习惯于安逸稳定的生活，没想到灾难突然离我们如此之近！

　　在武汉，那些明明能走，却退票选择留下来勇敢面对和承担责任的人；那些生活了一辈子，深深爱着这座城市，与她根本不能分开的老市民；那些最无助最需要关爱的打工者……他们，让人心疼！

2020年1月27日（农历正月初三）　　星期一　　多云

　　网上有个段子："今天戴着口罩出门去买口罩，口罩没买到，还损失了一个口罩。"听着挺好笑，其实挺难过。现在的确是一"罩"难求，口罩断货给很多人的生活造成不便。小区有个电商小李，主要业务是在网上卖蔬菜及生活用品。小李和我住同一栋楼，他刚好库存了少量一次性口罩，但却没有坐地起价，而是以一元两个的价格限每位业主购买两个。

　　小李看我热心，问我能不能找人把口罩挂在各家门上。我觉得不近距离接触应该没事，便想自告奋勇。但小李马上想出了更安全的办法——把口罩箱子置于楼下，让业主们分散来取。

　　有人不断地在群里求购口罩：一个孕妇，后天要去医院产检，没有口罩保护；一个老人的腰摔骨折了，家属带他就诊需要三只口罩。……这时，有一位女士在群里说，她可以匀出十个口罩给急用的邻居。这是一个新建的小区，大家入住也就一年多，互相并不熟悉，但此时的邻里关系却因一场疫情拉近了很多。

编者按语： 自疫情开始以来，各种谣言就未曾停止，因此辟谣工作也成了战"疫"的一部分。战"疫"之际，我们作为普通人，不仅要乖乖待在家不给国家添乱，而且要坚持不信谣、不传谣，这也是我们为抗疫在做贡献。

不信谣，不传谣，同心协力抗疫情

朱珠　北京　文员

2020年1月26日（农历正月初二）　　星期日　　晴

每年的大年初二，在北京工作的我都要给安徽老家的姐姐打电话。一则，大年初二这一天是姐姐的农历生日；二则，因过年这几天姐姐才清闲些，我们可以多聊聊天，说说话。

可今年的正月初二，跟往年比，情况大不一样。

这天早上，我刚起床，就听见电话响了。一看，是姐姐打来的，我刚说了一句"生日快乐"，姐姐理都没理，劈头就问："你们家里的大米够你们三口人吃多长时间？"

"够吃一些日子吧。"我回答。

"够吃三个月吗？"姐姐接着问。

"不够。"我肯定地回道。

"那你赶快上超市买去。最起码买够你们家吃三个月的粮食。今天还不显，到初五或初七，你看看，超市里就该出现抢购了。到那时，你就抢不上了。现在你就去买一百斤大米和几袋子盐。买面粉麻烦，和面还要水，万一那时候停水断电呢！你再备点矿泉水、方便面和蜡烛。手上有粮，心里不慌！"姐姐一口气交代了很多。

"什么时候停水呀？"我问。

"我哪知道？估计封城的时候吧！一封城，东西就进不来了。到那时，你举着钱都买不到货了。不跟你说了，快买去吧。"还没等我接话，姐姐就把电话挂了。

我还没回过神儿,手机又响了起来,是我的好朋友打来的。我刚"喂"了一声,对方就立刻进入了主题:"珠珠,你手上要备点现金,知道吗?"

"备多少哇?"我问。

"最起码几万元。"她回答。

"没有。现在不都是用手机支付了吗?"我疑惑地问。

"万一过一阵买东西不让用手机支付了呢?银行也不让你取现金了呢?现在外面紧张着呢!"不等我再说话,那头就没有声音了。

放下手机,正当我准备去洗漱时,手机又响了起来。一看,是搬走的街坊打来的,以前和我住隔壁,还帮我接过孩子。电话刚接通,还没等我把"大姐"喊出来,她就开门见山了:"妹妹,你身份证在手上吗?"

"在呀。做什么用呢?"此时的我被搞得有些紧张了!只听她又大声地说道:"赶紧换点美元攥手上。到处封城停工,万一经济……"

我想,她们肯定是听信了外面一传十、十传百的谣言。想到此,我就给在北京做公务员的侄子打了电话,将刚才我接到的三个电话跟他说了。

他一听,立刻对我说:"小姑,别信那些谣言!这是有人在故意制造恐慌!不用抢购,不用屯粮,党和政府会重视和保障民生的,你们就放心待在家里吧!"

果然,直到今天,我家附近的大超市、小超市货源一直很充足!

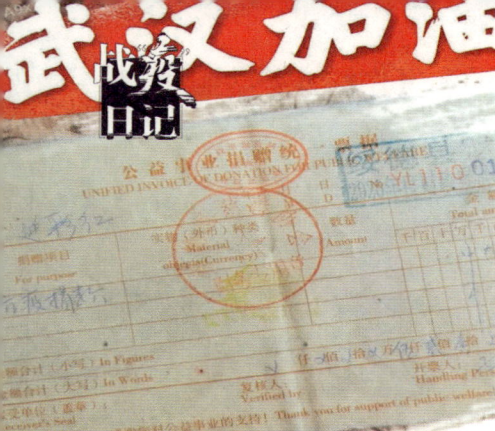

编者按语： 太多的鲜花、太多的掌声，我们都给了白衣天使，因为，他们是当之无愧的英雄！战斗的岗位千千万万，还有很多无名英雄：也许只是一名普通的人民教师，也许只是一位普通的环卫工人，也许还有很多是我们无从得知的，因为他们不曾留下姓名……但是，他们都有一个共同的身份，他们都是祖国的儿女。

国家有难，匹夫有责

彩虹 陕西绥德 小学教师

2020年2月14日（农历正月二十一）　星期五　晴

早上睁开眼就看到刚经营小火锅店不久的同学发的朋友圈："……本该上进的自己，让一场疫情逼入了绝境！真不甘心大半辈子的'江山'就这样付诸东流！"不仅是我这个同学，这几天陆续看到有许多中小型企业因为这次疫情而陷入困境。大型企业虽然能够维持，但也损失巨大。再看华商网新闻：全国新冠肺炎确诊病例六万多人，疑似病例接近万人。这一天天上涨的确诊病例数字、疑似病例数字及死亡数字可不是简单的数字，而是一个个遭难的家庭啊！我的心上好像压了一块巨石，喘不上气来。

疫情暴发以来，全国各地涌现出了无数个令人泪目的感人事例：那一副副逆行的面孔，无论是奔赴一线的医护工作者、兢兢业业的环卫工人，还是担起社会重责的90后，都给宅在家里的我们带来了最深的感动和最强的信心。84岁高龄的钟南山院士、被防护面罩在脸上勒出痕迹的驰援武汉的军人刘丽、引领这个春天"最时尚"发型的90后姑娘、免费为一线医护人员送盒饭的武汉邱贝文夫妇、为一线运送蔬菜的农民司机、扔下钱转身离开的东港环卫老工人、捐出所有积蓄的西安钉鞋匠、为了捐钱而急哭的老婆婆……

这一个个暖人事例让我每天晚上都辗转难眠。"我能为这次疫情做点什么呢？"这个问题我问了自己无数遍。疫情暴发以来，宅在家的我，只是每天早上在微信群里统计一下孩子们的体温，上报学校；再给孩子们转发一些有关防疫的知识、视频，让他们做一些有关疫情的小视频、手抄报；最多为延迟开学了解一下新教材，准备点教案。在国家有难的时候，我作为一名普通的人民教师，也想奋战在抗疫一线，也想为国家出点力。无奈我要坚守在自己的岗位上，无法和抗疫一线各个岗位的英雄们并肩作战。所以，在今天这个特殊的日子里，我要把自己工资卡上的余额（5210元）取出来捐给武汉，以表达我对祖国的热爱。我知道我的这点钱款与全国各地爱心人士所捐的款物相比是微不足道的，但这是一名普通教师的一片心意：在国家有难的时候，我也会不计报酬、尽我所能来帮助自己的祖国渡过难关！

我相信，只要我们全国人民团结一致、齐心协力，一定会战胜疫魔。武汉加油！中国加油！

编者按语：她是一名人民教师，也是抗疫队伍中的一名志愿者，与队员们共同担负起守护村民安全的工作。从防疫工作开始时不被村民所理解到最终得到村民们的认可与支持，大家团结一心，共同战"疫"，必将战胜疫情。

人心齐，泰山移

李素芹　安徽砀山　教师

2020年1月27日（农历正月初三）　星期一　阴

今天阴沉沉的，整个天空就像蒙了一层毛玻璃，等到下午的时候，才有些许放晴。

早上吃过饭，我们几个志愿者和村干部兵分两路，不仅要挨家挨户做宣传，让大家不要出门、不要聚餐，更不能聚在一起打牌，还要排查和登记从外面，特别是从武汉来的人员。快到晚上七点时，我们从一户人家出来后，发现路口站着一个人，由于天黑看不到他的脸。

"快回家，不要出门！"村主任汪兵对那人喊道。

那人手里的手电筒亮了，照在我们身上。借着亮光，我们发现是大平叔。大家都沉默了。

前几天封路时，大平叔跟我们吵了一架。当时他要骑电动三轮车出去，我们劝他回去，他非常生气，把我们骂了一顿，还差点动手，但最终我们没有放行，他气呼呼地回去了。大平叔78岁了，在村里辈分高，人很耿直，我们都很尊重他。只是现在疫情那么严重，任何人也讲不得情面。

"你们到现在还没走？"大平叔突然问道。听到他的语气平和，我们都松了一口气。

"还剩几家，一会儿就回去了。大平叔，您吃过了吗？"汪兵热情地说。

"疫情真那么严重吗？"大平叔答非所问。

"非常严重，人传人，一个人得，全家都可能感染，甚至全村都会被感染上。"我说。

"哦！"听口气他有些吃惊。

"虽然疫区在武汉,但年前有许多从武汉回来的人。这病毒有潜伏期,如果有人把病毒带回村,村民们就有危险了。"汪兵接着说。

"对,村民们的安全最重要,你们做得对。那天大平叔老糊涂了,你们别生气。"大平叔说。

"您能这样想,我们就放心了。"汪兵说。

"走吧,我和你们一起去那几家。"大平叔用手电筒照着前面的路。

"好啊。"我高兴地说。

我们给那几户人家做宣传时,我发现大平叔听得非常认真,有时还会问我们一些问题,我们都耐心地回答他。从最后一户人家出来时,都快晚上九点了。

"村里的情况我都了解。谁家有人在哪儿打工,我也知道,你们有不清楚的就问我。"大平叔说。

"我们都登记了。"我说。

"我看看,有没有漏报的。"他说。

借着手电筒的光,我把记录纸放到他面前,可惜他的眼睛看不清。后来我一句一句读给他听,如果有问题的,他就让我做标记,说等明天他再去问清楚。

"大平叔,辛苦您了。"我感激地对他说,"你这样清查一遍,能减少我们很大的工作量。"

大平叔摆摆手,让我们快回家。

我们在前面走,大平叔在后面给我们照路。劝他回去,他也不听,一直把我们送到停车的地方。等车开出老远,我回头看时,还见那一点灯光在闪烁。

2020年1月31日(农历正月初七)　　星期五　　晴

天刚微亮,我就去了村口。昨天夜里值班的人一直守在村口,肯定很疲劳,我想提前去一会儿,让他们早点回家休息。等我到达时,看见大平叔已经在村口了。

"大平叔,起那么早。"我笑着说。

"心里有事,睡不着。"说着他从口袋里掏出一个纸包,递给我。

"这是什么?"我有些疑惑。

"你看看!"他说。打开纸包我大吃一惊,里面竟然有一沓钱。

"这是咱村里捐的钱,用来防疫情的,你们看着用吧。"他说。

"什么时候捐的钱,我怎么不知道?"汪兵说。

"你们天天这么辛苦,忙里忙外的,还不是为了咱村民?大家捐点钱是应该的。"大平叔说。

原来,大平叔见我们每天值守、排查很辛苦,就想自己拿些钱出来给大家买点东西,谁知这事被村里人知道了,大家竟然纷纷捐款,总计有好几千元。

"大平叔,您替我们谢谢大家,并转告大家,我们一定把这笔钱用在刀刃上。"汪兵高兴地说。

"村里有好多年轻人都想来当志愿者。我这儿有一份名单,上面有电话,需要人手的话就给他们打电话。"大平叔说着又从口袋里掏出一张纸。

"大平叔,您放心吧!我们保证尽最大努力,保护咱们村民。"汪兵感动地说。

大家通过各种关系联系到了一批口罩、酒精和消毒液等防疫物资。由于到处封路,车不能通过,如何把购买的物资拿回来又成了问题。村民们纷纷动员自己的亲戚朋友,以接力的形式运送我们的物资,才中午,这批物资就运到了村口。我们清点物品时,发现多了一个大帐篷,也不知是谁买的。

接下来,我们又开始行动。由于人手不够,村里的几个年轻人也加入了我们的队伍。我和两名志愿者先分发口罩。疫情出现后,口罩就特别紧张,村里还有人没有买到口罩。这事一直让我们很担忧,现在好了,至少每人都有一只口罩了。除了口罩,每家还配发一瓶消毒液。

由于村里好几家有外来人员,于是汪兵带几个人上门给他们家里消毒,房前屋后,就连厕所也没有落下。

村民们都非常配合,还有不少人要求当志愿者。"大家别着急,需要的时候,一定喊你们。"汪兵说,"不过,现在你们都要待在家里,不能出去,这样也是防控疫情。"

"好,我们待在家里也算给国家做贡献。"其中一个人大声说。大家伙都笑了。

我们任务完成后,走在村子的水泥路上,看不见一个人。

我感慨着:"人心齐,泰山移。"我相信,这场疫情抗击战,我们一定会赢!

编者按语： 在疫情防控第一线，有一群人每天冒着被感染的风险，坚守在工作岗位上。他们成为一道坚不可摧的防线，严防死守做好群众的"健康守门人"。

基层防控人也是最美逆行者

张学成　重庆　记者

2020年1月26日（农历正月初二）　星期日　阴

　　女儿是东溪镇的一名大学生村官。除夕晚上，她接到东溪镇政府发来的通知，要求全体机关干部正月初一早上准点到岗上班。接到通知时女儿就哭了。为啥要哭？因为我们原本约好初一上午回四川泸州看望她的外婆。外婆已经80岁高龄了，得知我们要回家过年，还专门做了香肠、腊肉。可是，疫情就是命令，防控就是责任。

　　我担心女儿会带着情绪而影响工作，所以在正月初一中午给她打了电话。女儿说，她正在村上排查、挂宣传标语，还发给我了几张她工作时的照片。当天晚上8点多钟她才回到家，一到家就说今天在外面冻坏了，脚也走肿了。

　　今天，女儿决定把铺盖带到东溪镇去，还说这段时间都不回家了，防疫任务很重。我和妻子总是有些担心，妻子忍不住给女儿打了电话，又要和女儿视频。可是女儿当时正在做入户调查，说了几句话就挂断了视频。深夜，女儿把这两天做的事情写成日志放在QQ空间里。妻子读日志时就问我："农村那么冷，女儿能挺得住吗？现在新冠肺炎是不是很严重？"

　　夜里，我和妻子几乎翻遍了网络上所有关于新冠肺炎的新闻。妻子说："看来形势真是很严峻啊，武汉都封城了，启动了公共卫生事件一级响应……"

　　妻子在病休之前是一名医生，参加过2003年抗击非典的工作。她知道防疫工作的重要性，更知道防疫工作的危险性。

　　妻子又想给女儿打电话了，一看都凌晨1点多钟了，便在微信上给女儿留言，千叮咛万嘱咐要女儿做好自身防护。

　　女儿回复说："妈，你就放心吧，我们出门都是全副武装呢……"

2020年1月29日（农历正月初五）　　星期三　　晴

今天我接到采访任务，要去采访守护居家隔离人员的街道干部。据介绍，1月26日该街道的一位被确诊为新冠肺炎的徐姓患者住进了医院，其父亲也被要求居家隔离观察。

社区工作人员24小时守护在徐家门口，并在楼道里支起了一张小床，既当凳子又当床，供值守的人员轮流休息。徐家需要什么生活用品，有什么要求，就写在纸条上，放在购物口袋中交给工作人员，由当天值守的工作人员负责采购，以此保障徐家的日常生活。十多名社区居民参与值守工作，分早、中、夜三班轮流值守。大家都很敬业，没有任何怨言。

"起初，徐家的人不是很适应长时间居家，经过我们再三劝说，他们的情绪现在很稳定，也能很好地配合我们的工作了。"值守的工作人员告诉我，"目前徐家人都能积极配合社区人员工作，他们的居家生活也有保障。他们的配合，就是我们控制疫情的关键。希望我们共同努力，确保他们顺利渡过难关。"

我采访时，正好遇见负责采购的社区工作人员从超市里买东西回来，食品袋里装着时令蔬菜和水果。我通过电话连线采访隔离在家的徐父。他说，街道对他们照顾得很周到，感谢党和政府，感谢街道办工作人员和社区干部为他们家付出的一切。他表示会继续配合居家隔离工作，也希望早日战胜疫情，早日走出家门。

2020年1月30日（农历正月初六）　　星期四　　阴

口罩在一夜之间成了热销品，綦江城区的大小药店都挂出"口罩缺货"的告示。

昨天上午，我在朋友圈晒了一张我戴着一次性口罩采访的照片。很多朋友留言，说我没有安全防范意识，还说我戴一次性口罩去采访不安全。"你在第一线采访，接触的人多，一定要注意保护自己。""一次性口罩你每次采访时要戴两个。"网友在微信上叮嘱我。也因为这张图，我陆续收到了好几位网友送给我的口罩。在这个非常时期，能送口罩给他人，简直是太有爱心了！

1月27日中午，我到三角镇徐家村采访农村广播宣传防疫情况。我们的采访车进山时，森林检查站的女检查员问道："记者大哥，你有多余的口罩吗？我这个口罩都戴两天了。"我记得摄影包里有一只口罩，忙说："好像还有一只。"说着就在摄影包里翻，结果没有找到。"对不起，我忘记了，那只昨天送给别人了。对不起……"

从她的眼神里我看出了失望。

于是，这两天我到村里采访时就在包里多放一两只口罩，只要有人需要，我就给他。网友送我口罩，我又将口罩送给其他需要的人，这种爱心传递，让小小的口罩保护更多的人。

2020年2月4日（农历正月十一）　　　星期二　　阴转晴

连日来，严峻的疫情防控形势牵动着每一个人的心。在扶欢镇插旗村阻击疫情的战场上，有一个特殊的群体受到村民的称赞。平日里，他们是当地党委政府关心关爱的帮扶对象；疫情面前，他们是为政府解忧助力的好帮手。

今天上午，我和摄像记者赵跃一同前往扶欢镇插旗村采访。刚到村上就听见流动喇叭里传出一个沙哑的男声："这几天你们一定要少出门，一天待在家里，也不要去吃酒，也不要打牌。待在家里就是对社会最大的贡献。"循着声音，我看见一名中年男子胳膊上挎着一只小喇叭，正在村民院坝前分发宣传资料。

后来我才知道，他就是我们要采访的对象王春强。王春强曾经是扶欢镇插旗村的一名贫困户，其2013年因学致贫被列为建档立卡贫困户，在村里的帮扶下，2014年脱贫。疫情发生以来，得知村里疫情防控工作人手紧张，他主动请缨，加入防疫队伍。正月初三那天上午，村里突然停水了。水库在对面半山上，为搞清楚停水原因，王春强拿了砍刀，独自一人攀登了近两个小时上山，在荆棘丛生的山坡上找到了原因：蓄水池到村里的水管破裂了。找到停水原因，王春强又买了水管，将破裂的水管换成了新的，保证了疫情期间村里的正常供水。

"以前党和政府帮了我很多，我现在脱贫了，也想帮村里做点事情……"王春强对着镜头结结巴巴地说。据村干部介绍，开展防疫工作以来，王春强不仅自学疫情防控知识，还每天行走在村道乡间，用小喇叭劝导村民不聚集、不串门，同时还协助村干部做好返乡人员的摸排登记、张贴宣传条幅等工作。

在王春强的带动下，他的妻子李文英也主动参与村里的消毒杀菌工作。截至目前，扶欢镇插旗村村民参与疫情防控工作的共计200余人次，共有数十名贫困户主动投身疫情第一线。

在綦江各村镇，像王春强这种主动投身疫情第一线的脱贫户还有很多。他们的目标很明确：守护家乡，保卫家园。

脱贫户用实际行动感恩党和政府，回报社会，让人倍感欣慰。

2020年2月15日（农历正月二十二）　　星期六　　阴转小雨

今天，綦江气温陡降。横山、中峰等高海拔地区还迎来了降雪。风雪中，有这样一群人坚守在防疫一线，成为最美的"雪景"。

傍晚，中峰镇中学王春老师传给我几张照片，我被其中一张照片震撼了：一眼望去，山坡上、公路上到处是厚厚的积雪，没有遮风挡雨的地方，只有公路边两根临时支起的木桩和一根临时阻断公路的竹竿，以及竹竿旁边的红色警示牌。守在这里的两名村民穿着单薄的衣服，看得出来，因为寒冷，他们的身体有些蜷缩。这是一个令人感动的场景，他们是綦江乡村防疫大军的一个缩影。

晚上，三角镇的工作人员黄健又发来几张照片。黄健说，照片上是几位守在高速口，蹲在地上吃晚餐的值守人员。没有桌子，他们就蹲在地上吃饭。"他们吃饭的姿势很美！"

在农村排查宣传防疫，很多镇上的工作人员都自带干粮和水。他们往往一个人要负责一个村，要挨家挨户排查和宣传，足迹遍布整个村子。他们的辛苦很少有人知道，而且还常常被村民们埋怨。不准赶场、不能聚会、不能出门、出门要戴口罩等，这些要求常常令村民反感，他们成了村民眼中的"恶人"。但他们义无反顾，将"恶人"做到底。

街镇基层防疫前线的工作虽然不能与一线医护人员的工作相比，但这些基层防控人同样是走在防疫第一线的逆行者，是防疫前线上最可爱的人。

编者按语： 他是一名村主任。疫情来袭，他十几天不回家，与其他村干部一起挨家挨户排查，严防死守，只为整个村子安好无恙。

你安好，我无恙

李刚明　四川金堂　村主任

2020年1月24日（除夕）　　星期五　　晴

这个春节，注定很特别。

清晨，阳光比往日清亮。一道急促的命令打破了本来的幸福和宁静。当下取消休假，转入上班模式。

继昨日的武汉封城，我省启动了重大突发公共卫生事件一级响应。

动员、宣传、排查……一系列安排布置容不得一丝的懈怠。落实！落实！最重要的是落实。

我所在的村子，村域近5平方公里，一半浅丘，一半山区。沱江傍村而流，万家河贯村而出，山水相融，美丽富饶。千余农户、三千村民，容不得远道而来的"幺蛾子"侵蚀！

作为一村之长，我感到从未有过的担子：不仅仅是一份责任，更是要带领全村众志成城、共克时艰，打一场硬仗。我必须迎难而上！

妻问："年夜饭已做好，啥时回家？"

我答："再等等……"

2020年1月25日（农历正月初一）　　星期六　　晴转阴

村广播拉开了，宣传巡逻车在村道上来回往复。村党员干部入院进户，第一轮的排查摸访，紧迫有序。

以往的这个日子，人们早已是穿戴一新，喜气洋洋地或聚于村口，尽情观看村上女子舞龙队的表演；或三两成群，满心舒畅拉呱着，合计收成与春耕。

而如今，要求村民尽量不外出待在家中，不准聚众娱乐，不准亲友聚餐，不准……村民有的理解，有的疑惑，甚至还有个别人抵触。不停地宣传、讲解和制止是村组干部们工作的"标配"。

登记、建档、监测，网格化的村(社区)排查信息建立，进一步及时准确提供了数据化模块，为人员管控指明精准方向。

疫情似乎向着更恶劣的方向发展，确诊病例人数比昨日又有大幅上升，疑似及密切接触者更是数倍于前一天。战"疫"的序幕才刚刚拉开。

隔离！隔离是人类战胜每一次不期而遇的"瘟疫"的最好手段，也是人们避开它的最好的自我保护方式，我和我的团队却不能！我们必须站在全村人的最前面，以最简单的防护武器——口罩和勇气武装自己，伫于村口，心里害怕，但不能退缩。

妻问："晚上回家不？"

我答："我就住村部吧，疫情解除再回家。"

2020年1月26日（农历正月初二）　　星期日　　阴转小雨

疫情，似乎依然肆无忌惮地蔓延着。打开手机，有关它的各种信息刷了屏，每一个重大事件的背后，谣言与真相并存。此时，需要的便是审慎地甄别，我得带领我的团队，打起精神，无畏前行！

　　每日的疫情通报表明情况愈发严重。从上而下的联防联控措施越来越细致，力度也愈来愈强。别无选择，我们只能逆势而上。村组党员干部、村治安巡逻员、网格员、村卫生室医务员、志愿者全都各司其职。"看好自家人、守好自家门"是工作的唯一要求、唯一标准。大家心里明白，除了坚守，还是坚守。

　　从通报中知道，周边区县已相继有了确诊感染病例，病毒离我们这片净土已不再遥远。我们一方面要控制村民恐慌的情绪蔓延，另一方面又必须因势利导村民提高警惕并加强自我防护。

　　在社会灾难、公共危机等重大事件下，全体中国人其实就是一个共同体，没有人是一座孤岛，也没有人能独善其身。

　　妻嘱："衣服穿多点儿，口罩戴严实。"

　　我说："尽量在家，别出门。"

2020年1月27日（农历正月初三）　　星期一　　阴转小雨

　　连续几天的联防联控工作开展下来，村里渐渐平静下来。村民们不再扎堆闲聊，不再聚众打牌，不再走亲访友……偶有个别不戴口罩的在村里走动，干部群众一旦发现就立即劝止。

　　"主任，十四组廖某家里有人因病去世，现在聚了很多亲戚朋友。"

　　接到报告，我当即带上网格员、村卫生室医务员，会同组长一道上门，说明了当前疫情期间的"红事禁办、丧事从简"规定后，家属表示理解并遵从规定，除留下少数至亲外，马上遣散了其余人员。

　　"把善良传递下去。"这不仅是最好的语言，更是最美的行动。我们中国人，跨越几千年的历史长河，历经的苦难还少吗？哪一次不是涅槃重生！

　　妻说："你也要做好防护，注意身体！"

　　我回："你安好，我无恙。"

编者按语： "我要听超级大明星钟南山爷爷的话，出门戴口罩！""我们要隔离病毒，等病毒消失了再一起玩。"孩子的语言虽稚嫩却掷地有声。疫情来袭，普通人能做的抗疫贡献不多，多了解一些疫情知识，在各种场合都做好防护，就是对国家最大的贡献。

隔离病毒，不隔离爱

文蜓　广西桂林　公务员

2020年1月29日（农历正月初五）　星期三　阴

因为新冠肺炎，大人推迟上班，小朋友推迟上学。

本来多放假可以让人开心，但是灏灏却没那么开心，因为他听说我以前上大学的城市——武汉生病了。他担心之后又开始疑惑：城市怎么会生病呢？

我说不是城市生病，而是城市中很多人感染了一种新型冠状病毒。从某个角度来说，也可以说是武汉生病了。

灏灏觉得还有一件事情非常奇怪：电视里，只要走在大街上的人都戴着口罩，有时候，我因为要处理紧急事情必须要出去，也是戴着口罩出门。

"妈妈，妈妈，你们戴上了口罩，都成大明星了啊！"灏灏看着回家后正在仔细洗手的我说。

"大明星？妈妈可不是大明星哟！"我边洗手边回答。

"是的，以前我看到电视上，只有大明星出门才戴口罩的。"灏灏又说。

我转过头，认真地看着他说："是啊，现在这个时候，能戴口罩出门的都是大明星，尤其是那些穿着防护服的医生。记得妈妈上次和你说的钟南山爷爷吗？他就是超级大明星。"

武汉加油！
我们必胜！ 2020.02.03

"那钟爷爷戴口罩了吗？"灏灏记得钟爷爷，我说他是英雄，现在又说他是超级大明星。

"戴了，是他提出所有人出门都要戴口罩的。他现在正在武汉救治生病的人呢！"

"妈妈，妈妈，我要好好学习，像钟爷爷那样治病救人，成为超级大明星！"灏灏握紧了小拳头，可认真了。

"好！那我们听超级大明星的话，现在只在家里活动，出门戴口罩，勤洗手，好不好？"

"好！"灏灏声音洪亮，对着小区的绿地挥了挥手……

2020年2月9日（农历正月十六）　　星期日　　晴

可恶的新冠肺炎！每天得病的人数继续增长。

灏灏也延迟开学了，我要求他只能待在家里，不可以出去玩。

灏灏的小嘴嘟嘟的，说在家里一点儿也不好玩。灏灏觉得好憋闷，之前和周小墨说好要去大院里玩"躲猫猫"的游戏，去奶奶的菜地浇水的。现在都不能去了，他有些不高兴。

"妈妈，为什么我们只能在家里呢？我和周小墨想去大院里玩。"灏灏忍不住央求我，说要去找周小墨玩。

"现在很多人生病了，这个病的传染性很强，在家里待着，隔离病毒，免得被传染。"我这样说。

"隔离病毒？"灏灏不太理解什么是隔离，前些天听我说起过病毒那个坏家伙。它很小很小，都看不见它，也不能把它抓起来关进小黑屋。真是讨厌！

"是啊，病毒很坏，能让人生病，生病的人容易传染给别人。我们待在家里，讲卫生，勤洗手，就能隔离病毒了。"我很理解灏灏想出去玩的心情。现在是关键时期，可不能给国家添乱。

"那我可以打电话给周小墨吗？"灏灏小心地问我。

"当然可以啊，你还可以和周小墨视频呢！"我们现在只是隔离病毒，并不是断了联系。我们可以联系任何我们想念的小伙伴。隔离病毒，可是隔离不了和小伙伴的感情，更隔离不了爱！

"周小墨，我妈妈说隔离病毒，不隔离爱。我想你了！"灏灏在视频里大声地对着周小墨喊着。"等到病毒被消灭了，我们再一起玩吧！"那边周小墨也大声地回答。

编者按语： 他们一家人从疫区湖北返回西安后，自觉主动居家隔离。其间，他们不仅收获了安心，同样收获了邻里之间的友善。

隔离也温暖

炎炎　陕西西安　央企职工

2020年1月24日（除夕）　　星期五　　多云转晴

我的家乡在湖北潜江，离武汉100多公里。我们回去看妈妈，今天一早我们驱车打道回府，回到自己西安的小家。

下午到家，响应号召，给社区报备，自行隔离。

虽然我离开的时候，我的家乡一例感染者都没有，虽然我们是自驾往返，回家也没有接触外来人员，但作为从疫区回来的人，自觉做到自我隔离，做到应该做的，心里更坦然。

临走时，妈妈让我们带了很多过年吃的食物，比较充足，我们暂时不必担心采购问题。小区、社区、单位、派出所要求每天9点测体温报平安，很多朋友不断问候。我和老公自己其实没有啥感觉，该干吗干吗。

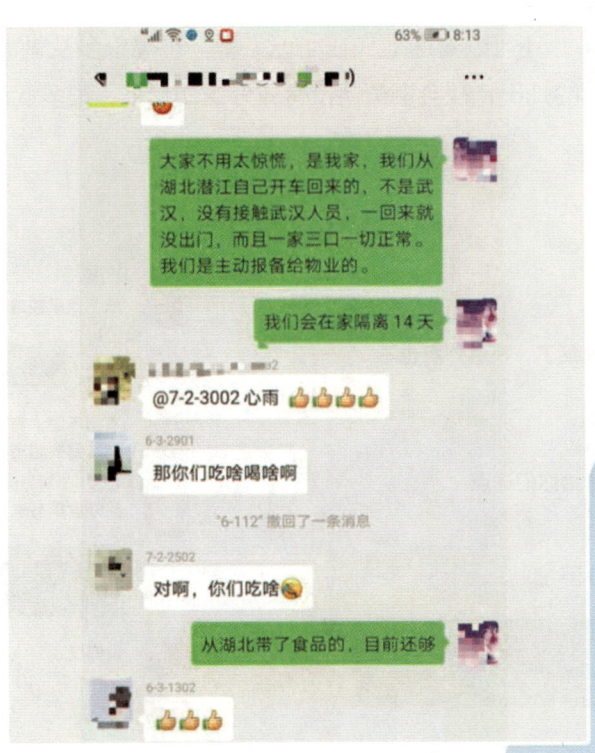

2020年1月25日（农历正月初一）　　星期六　　多云

今天是大年初一。我们老乡群里，一位刚从湖北返回西安的老乡有些不开心。

一样探亲归来的她，家门口被贴了湖北返乡警示牌。后来她在群里得知，她所在的单元门口也被贴了警示牌，邻居群里大家说到她的房号都退避三舍。

被嫌弃的感觉让她觉得很不舒服，她觉得大家对我们太不友好了，毕竟我们没有犯错，更没有犯罪。她很气愤，还说想去投诉。

朋友安慰她，隔离并没有主观态度，不是针对人，而是针对病毒的。我也安慰她，其实贴条并无恶意，只是一个客观提醒，是理性防护的一部分。被贴条不是原罪，隔离不是驱逐和审判，只是隔离本身。

但换一个角度，我也理解她。我们被隔离的人，也希望被理解，我们被隔绝、被审视、被监督，心里确实有异样的感受。我告诉自己，既然不是我们主动犯错，便不必恼火，更不必内疚。

但下午的时候，这个朋友却说她被暖到了。

同单元的邻居们纷纷问她需要什么帮助，邻居给予的温暖让人减少了很多焦虑。其实，大家都希望彼此平安喜乐，尤其在这全新的一年里。

其实我们足够幸运了，还可以安逸地住在自己家里。想想很多从湖北出来旅行的人，现在仍无家可归。疫情刚开始的几天，社会资源还没有充分调动起来，很多武汉人出了城，投宿遭到拒绝。

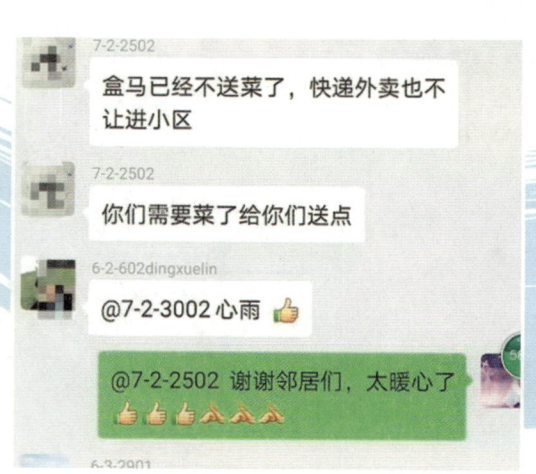

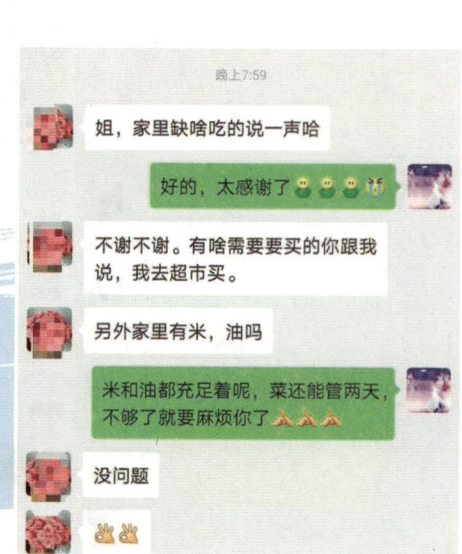

2020年1月26日（农历正月初二）　　　星期日　　多云

今天是大年初二。本准备用电影打发时间，但总是没心情静下心来好好欣赏，总是忍不住跳出剧情，上网看看新冠肺炎又攻下了几城，朋友圈里又有啥新消息。

随着《囧妈》中那辆火车慢慢驶入林海，美丽的景色一帧帧铺展开来，我终于暂时忘却了疫情。作为一个摄影爱好者，我欣喜地看到我们也开始拍漂亮的电影了。在这个吃了睡，睡了吃，像猪一般幸福的隔离日子里，看看美丽的电影画面，想想妈妈，甚好。

2020年1月27日（农历正月初三）　　　星期一　　多云

一大早有人敲门，然后听到离开的脚步。我推开一个门缝，看到脚下放着一盒草莓。

我家门口现在是安徒生童话里老渔夫的那个瓷盆，会变出草莓、卤牛肉、里脊肉、羊排、韭菜啥的。

哈哈，被爱了，真的太幸福了！我和老公就像被宠溺的小孩子，笑得合不拢嘴。

这就是我曾经陌生的邻居们。如果不是被隔离，我都不知道世界这么暖。

2020年1月28日（农历正月初四）　　　星期二　　晴

从同学群得知一个坏消息，一个武汉朋友的弟弟和弟媳前几天确诊被感染。因为是轻症，医生给开了药，他们选择居家隔离。他的弟弟、弟媳我见过几面，都是非常阳光的年轻人。

心情突然沉重起来。

故事不在身边只是故事，在身边却是痛彻心扉的事故啊。为他们祈祷！他们年轻，抵抗力强，希望可以战胜病毒。

2020年1月29日（农历正月初五）　　星期三　　晴

　　一大早，我听到门外有人声，隔着猫眼，看到一个年轻的小伙子。正在疑惑时，电话响起，我被告知继物业管家后，隔离升级。从此，我家门口又多了个"保镖"……

　　我隔着门问保安："要喝水吗？要不要坐凳子？"老公打断我："你这不是给人家添乱吗？人家现在哪敢动咱家东西？"

　　好吧，其实，门里和门外，虽然素不相识，但言语间一不小心，就会成为对立。我也收敛了一贯热络的性格，在他的保护下，在家看书、运动、做饭、翻手机。

　　突然小区群滴滴响，打开看，原来是有邻居也在关心这个保安。他们担心他一直不离开没有饭吃，非常时期又不便给他送自己做的饭，于是选择了送泡面给他。

　　虽然是一个楼层，但以前我却对我的近邻一无所知，只知道他们很忙，电梯里偶尔见过一两次。今天才知道他们是如此热心。

2020年1月30日（农历正月初六）　　星期四　　晴

　　今天自己种的豆芽收获啦！太多了，真想分享给邻居们一些，但也只能在微信上分享照片啦。

　　我的闺蜜是一名警察，她去支援一线了；还有同学在武汉协和医院，更是一直奋战在一线。我的另一个闺蜜是护士，她说这段时间上班都穿着成人纸尿裤。很多湖北老乡，在武汉水深火热，真想为他们做点什么。

　　刚才看群里邻居们说口罩告急，我想我反正不能出去，干脆把我家的口罩捐赠出去吧，但马上有邻居回复："你家的就算了……"那种异样的感觉……一秒就过。

　　理解大家。看着大家在抗疫一线，这些微妙的隔离感受和无聊又有什么好抱怨的？

2020年1月31日（农历正月初七）　　　星期五　　晴

我每天需要给四个单位汇报体温等情况，分别是所在小区、社区、单位、辖区派出所，开始觉得很烦琐：为什么不能实行信息共享呢？但马上释然了，毕竟大家都是面对突发事件，程序还没有那么完善高效，四个部门都关心我的身体情况，说明政府非常重视这件事情，我们的各个单位都很负责任。

晚上，去反锁门的时候，听到小保安在门外打起了响亮的呼噜——原来他晚上也要值班。楼道里怎么睡觉？很冷的吧？

心里酸酸的。

2020年2月1日（农历正月初八）　　　星期六　　晴

今天动用了我的社区管家帮我买东西。她回应很及时，问询详细，照顾有加。谢谢你们，坚守在抗疫一线的英雄。谢谢你们，尚未谋面的好心人。

2020年2月2日（农历正月初九）　　　星期日　　晴

黑暗料理哪家强，韭菜可以配腊肠。没有肉，没有鸡蛋，不忍心再麻烦街道办的同志。韭菜是"田螺姑娘"放在家门口的，腊肠是冰箱很久的存货。幸好最终的成果卖相和味道都不错。

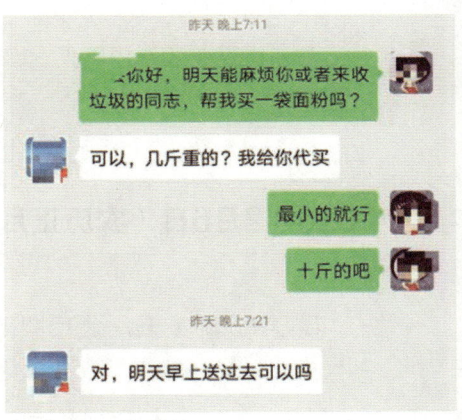

2020年2月4日（农历正月十一）　　　星期二　　晴

今天是隔离的第12日，立春。早上睡醒，一抬头看见了海市蜃楼般的美景。哈哈，我家里的星辰大海。

2020年2月6日（农历正月十三）　　　星期四　　晴

我要解禁啦！我一大早期待着那张通知书的到来，毕竟有它我才能大摇大摆地下楼去看看春天。

与此同时，我也接到单位通知上班的消息。因为疫情需要，单位近期已投资生产线，开始生产口罩，预计到2月10日日产能可达到一天13万片。作为央企，在这个关键时刻担当没商量。而我也必须准备好明天到岗。

每一个个人都在伟大的历史洪流里，没有例外，不是吗？

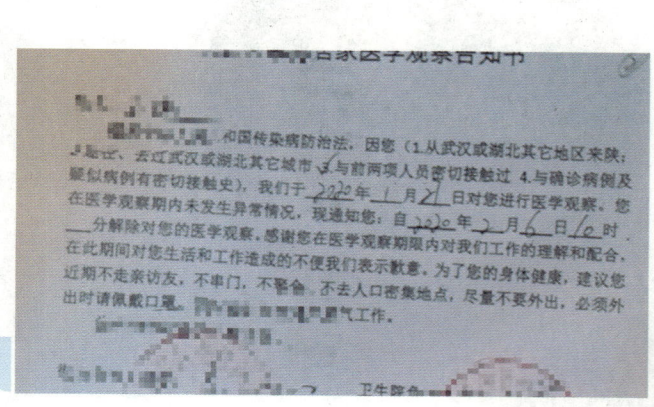

编者按语： 她是一名一线护士，也是万千舍小家、顾大家奔赴一线的医护人员的一个缩影。亲人离世，但她不能离岗，只因她是党员，关键时刻就该冲在一线。

待到春暖花开，我们再相聚

王旭丹　浙江乐清　护士长

2020年1月30日（农历正月初六）　　星期四　　阴

早上，寒风有点萧瑟，刚到医院，接到母亲的电话，声音悲伤且着急："你外婆估计不行了，能不能请假半天，来见外婆最后一面。"听到这话，我鼻子一酸，小时候在外婆家长大的我，和外婆有着一份特殊的感情。但现在这个时间，别说请假，连多休息一会儿也不行，医院已经进入"战斗"状态，我既怕他们恐慌，又怕他们过于放松警惕。想了想，只能狠心地对母亲说："我是党员，马上要上一线了。你们那边一定要注意，不要太多人员聚集，大家一定都要戴好口罩，不能马虎。"挂了电话，没一会儿，就接到医院护理部电话通知，要我准备物资明日开科。下午，护理部召集部分护士长开紧急会议，会后我们就开始准备相关物资，一直忙到深夜。这时才发现手机上有几个未接电话，是儿子打过来的，估计是问我怎么没回家。时间已晚，就不回电话了。发了信息给爱人：最近不回家，暂住医院。

2020年1月31日（农历正月初七）　　星期五　　多云

一早来到科室，发现带队医生是法哥（李继法主任），他见我就调侃："我们分手才一个月又复合了。"我和他一起工作了10个年头，去年12月21日我才因工作需要去了心血管内科。天似

乎比昨天冷，我早上穿了件红毛衣在外面，还挺好，有事的时候同事们都能够精确地找到我。他们还给我起了个外号：穿红毛衣的阿长(护士长）。一场没有硝烟的战争即将开始。11点要进隔离区的同事戴好口罩，穿好防护服和鞋套，密不透风，为了分清谁是谁，我们就在防护服上写上名字，还写一些励志的话，互相打气。护士长利珍带队迎接第一批患者。一切都在紧张有序地进行！下午，院领导和护理部领导来现场指导工作。他们的关心给予了我们更多的力量。5点，第一批进入隔离区内的护士陆续出来了，她们大多忙碌了6个小时以上。她们在疫情面前积极主动，冲锋在前，一个班6个多小时不吃不喝不去洗手间，个个汗流浃背，漂亮的脸蛋上勒痕明显，我真心为她们的辛苦付出点赞。这一天，我几乎是不停地来回奔走，没来得及喝上一口水。凌晨下班，只有一个字：累。

2020年2月1日（农历正月初八）　　　星期六　　小雨

早上闹钟一响，我像听到冲锋的号角声一样，以最快的速度起床，一天的战斗又将打响。昨天一天下来，我的声音已经沙哑了。中午，趁吃饭时间我打开微信，看到妹妹发来的信息："外婆前天已经去世，我们怕你工作分心，所以没告诉你……"眼泪瞬间模糊了我的双眼。

我的领导、亲朋好友们也纷纷在微信给我留言，让我工作时一定要注意保护自己。其实，我做的只是医务人员的本职工作，普普通通，却被这么多人牵挂，心里涌起一股股暖流。

待到春暖花开,我们再相聚

2020年2月2日(农历正月初九)　　星期日　　阴

因为这次特殊的疫情,我又和旭文聚在一个科室。平时我在内科,她在外科。我们是校友,又是同事,还同一天生日。真是难得的缘份。我们说起10年前进修时曾同吃同住一个月,没想到10年后又能在一起,我笑侃希望这次在一块儿不要那么久,天天看到对方会腻烦的。旭文长得文文弱弱,工作起来却有一股拼命三郎的劲儿。连续的熬夜使她抵抗力下降,身上起了好多疹子,但她不曾提出休息一会儿。同事们问她:"阿长,你俩性格完全不同,怎么在一起工作时这么和谐?"她认真地回答道:"那是因为我们不光是校友,还是同事,更因为疫情当前,我们面对的是共同的敌人,我们有共同的目标。"

2020年2月11日(农历正月十八)　　星期二　　小雨

今天是上一线战斗的第十一天,医院工作依旧紧张而忙碌。最近常常忙到忘记吃饭,胃病犯了,疼得厉害的时候就蹲下来休息一会儿。我必须得不停地检查进入隔离区内的同事们的防护服穿得是否规范,因为医务人员只有首先保护好自己,才能更好地救治患者。比起往常,最近工作确实辛苦,但也有让我们高兴的事。看着陆续有患者治愈出院,大家都欣喜不已。因为我们深知,多一例患者符合出院条件,便能给全市人民带去更多的力量和希望。就像外甥女录制的一条抗疫情短视频里说的:"待到春暖花开,我们再相聚。"是的,相信胜利就在不远的前方,相信阴霾终将过去,春天很快到来。

编者按语：他是一名小学生，因为疫情禁足在家，但他明白乖乖宅家就是为抗疫做贡献。他的愿望是病毒早日被打败，一家人天天开心地去享受春天的光景……

我有一个愿望

黄子墨 海南海口 小学生

2020年2月10日（农历正月十七）　　星期一　　晴

由于新冠肺炎疫情的影响，妈妈每天都要把"洗手"这俩字重复说无数遍。为了不让妈妈担心，也为了提醒自己自觉洗手，我写了"洗手"两个大字贴在墙上。每天抬头一看，就记得去洗手了。

如今，全中国都在打一场没有硝烟的战争，我也要做好个人卫生，与家人一起隔离病毒。

2020年2月11日（农历正月十八）　　星期二　　雨转晴

妈妈正在收看新闻联播，我听到了一个好消息：全国每日新增治愈出院病例持续增长。这个消息让我大喜过望，因为这代表患者有了希望，人们可以远离灾难。

我已经在家待了二十多天了，连楼下都不能去，太无聊了。我盼望疫情尽快结束，那时候，我就能在小区的草坪上尽情地玩耍了。

2020年2月17日（农历正月二十四）　　星期一　　阴

早上，我正在写作业，突然妈妈手机铃声响起，她连忙拿起手机接通电话，语调柔和地说："现在疫情太可怕了，你一定要记得戴口罩，勤洗手……"妈妈一边说，一边在室内来回走着。

我猜，妈妈肯定是在和爸爸说话，因为她最关心爸爸。我又听到妈妈发出"嘻嘻"的笑声。我想，可能是爸爸也温柔地叮嘱妈妈要照顾好自己和我吧。

看到爸爸妈妈互相关心，我感到很开心。我希望一家人每天都能这么快快乐乐地在一起。

2020年2月19日（农历正月二十六）　　星期三　　阴

下午，妈妈准备出去买菜。只见她戴着口罩，打开大门往电梯处瞅了瞅，确定没有人同乘电梯，这才放心地抽出一张准备按电梯按键的纸巾，朝电梯走去。妈妈出门时小心翼翼、层层防护的样子真像一个蒙面小偷。

这都是近期新冠肺炎疫情惹的祸。我希望这场疫情赶紧结束，这样，妈妈出门再不用那么紧张兮兮的了。

太多的感动说不完

编者按语： 爱与感动相伴相生。只要人人都献出一点爱，世界就会变得很温暖。身处抗疫一线，她用爱感动着身边的患者，而周围的人们也在用他们自己的方式感动着她。

2020年2月8日（农历正月十五）　　　星期六　　晴

今天，是我参加襄阳市中心医院抗疫一线工作的第七天。坐在寝室里望着天空，这一周的经历历历在目……

2月5号，我上小夜班，下班后掏出手机看到妈妈的未接来电，当时已是凌晨一点，怕打扰妈妈休息，第二天早上才回电话。电话一接通，妈妈就着急地问我鼻子还疼不疼，身体累不累……妈妈说着说着嗓子就哑了，我知道她又在哭（如果我前天不给爸爸发自己那张被面罩和护目镜压得鼻子又红又肿，皮肤溃破的照片就好了）。"妈妈，我很好，我会好好照顾自己的。"怕妈妈一直哭下去，我赶紧安慰她。妈妈这才平静下来，叮嘱了几十遍"一定要保护好自己"才挂断电话。

妈妈，我知道您心疼我，可是参加一线抗疫的医护人员，谁没有家？谁没有父母？谁没有孩子？过去一直是你们保护我，今天就让我来守护你们吧！

2月7日晚上7点，我接到了一个陌生的电话："你好，是郑阿姨吗？我是七床的乐乐，今天我要转到五病区了，谢谢你这段时间对我的照顾。"乐乐是一个七岁的小帅哥，大眼睛，头发卷卷的，特别可爱。可能因为自己也是妈妈吧，我每次一看到他就很开心。担心他营养不够，有时上班便会带些牛奶、水果和小零食给他。没想到他还特意打电话表示感谢。真希望乐乐能早点康复。

2月8日，儿子和我视频了。我发现三岁半的儿子长高了，也长胖了。从放假回老家到现在已经快半个月，本想着过年回去就能见面，谁知遇到新冠肺炎疫情。儿子长这么大，还是第一次和我分开这么久呢。儿子说："妈妈，等病毒都死掉了，你和爸爸可不可以带我去游乐场？"放心吧，儿子，等疫情一结束，爸爸妈妈就带你去尽情地玩，把这些天都补回来。

这一周里，有很多感动：第一天临时安排我上夜班时，因为来的匆忙没带行李，琪芬老师主动提出让我回去拿行李，她替我顶班；护士长看我鼻子被压破，连忙为我准备了水胶体敷料；同事文迪下夜班回来还主动给我带早餐；院领导给我们上夜班的同事准备了新的羽绒服……太多太多说不完的感动。在一线奋战虽然辛苦，但我知道还有许多人通过各种方式在支持我们。

疫情虽然暂时阻断了人们之间的距离，但不能隔离人们之间的爱。春天来了，我相信胜利就在前方，为自己加油！

郑艳　湖北襄阳　护士

编者按语： 新冠肺炎疫情防控是一场人民的战争，人人都是参与者，人人都是战斗员。我们相信，冬已尽，春暖花开的日子即将到来！

待到春暖花开时，我们再回来

何腾江　广东湛江　编辑

2020年1月21日（农历腊月二十七）　　星期二　　晴

昨晚收拾行李的时候，太太说："你还是去药店买些口罩。对新型冠状病毒，最基础的防护还是要戴口罩。"

药店里的口罩供应充足，我并没有太在意太太的话，只是买了两盒儿童口罩及5个成人医用口罩。

车子驶入高速，向着家的方向飞驰——归心似箭啊！没开多久，路上的车渐渐多了起来。年关将至，再忙再累，也阻挡不了回家的脚步。太太在车上拿着手机刷新闻，突然大呼一声："广东有疑似病例了。"

途经高速服务区时，一家人开始提高警惕，戴好口罩才下车。此时，服务区里人来人往，大部分人都用口罩将自己大半个脸严严实实地包裹着。

内心开始不安，匆匆上了洗手间，逃也似的离开了服务区……

2020年1月24日（除夕）　　星期五　　阴

今夜，我们村子在新冠肺炎疫情的影响下也开始"严阵以待"。这是前所未有的紧张。一家人边吃年夜饭，边看电视。大家从来没有这么关心过数字，它像米价、肉价，一下子成了生活里的必需。数字带来的恐惧，像缺氧的鱼将头露出水面冒泡，一批接着一批。

春晚开始了，我们似乎都没有心情去看。电视机虽然开着，但大家纷纷将关注点从电视节目上移至微博、微信上。

全国的医护人员在万家团圆之夜，开始"逆行"，奔赴武汉，去拯救、去战斗。那些"逆行"的医护人员与家人拥抱告别的镜头，比春晚还要动人，我一次又一次被感动得泪流满面。

2020年1月27日（农历正月初三）　　星期一　　雨

大年初二晚，一家人正在其乐融融地吃着晚饭，侄子的电话响了。他三言两语接完电话后，面露难色地说道："紧急通知，明天返岗值班。"他们一家是前天才从珠海驱车六百多公里，刚刚回到乡下的。

疫情就是命令，值班就是战斗，哨声一响，必须归队。当晚，大家的心都很忐忑。看来，疫情比我们想象的要严重。

没有怨言，侄子吃完饭，就开始收拾行李。母亲在旁边念叨，等了三年了，终于盼到他回家过年，屁股还没坐热，又要走了……

凌晨五点，母亲已经起床张罗早餐。天还没有完全亮，我们也跟着起床了，推窗看外面，天空已飘起毛毛细雨。匆匆扒拉完早餐，大哥一家就准备起程回珠海了。

看着他们的车越行越远，我突然想起一句话：世上哪有什么岁月静好，只不过是有人替你负重前行。

2020年2月11日（农历正月十八）　　星期二　　晴

出了院子，拐个弯儿，就到了三叔的菜园。低头一看，菜园里新种的菜已是绿油油的一片。它们在微风里摇曳，显得生机勃勃。

久违的太阳也露出笑脸，灿烂的阳光照耀在院子里，一地金光闪闪。上午10点，新华社发布了一条振奋人心的消息——湖北以外地区，新增确诊病例7天连降！

就在今天，我接到单位复工的消息。开始收拾行李，准备离开住了将近一个月的村子，颇有不舍。

待到春暖花开时，我们再回来……

编者按语： 一片小小的口罩，挡住了病毒，却挡不住人与之间爱的传递。作为一名普通的社区志愿者，她认真督促社区每一位居民正确佩戴口罩，还把最紧缺的防护用具——口罩给了最需要的老人，用实际行动温暖着身边的人。

你好，口罩！

惠敏　湖北襄阳　公务员

2020年1月29日（农历正月初五）　　星期三　　晴

今天，轮到我去单位的联系点社区值班。一大早，我提前了15分钟到达社区门口并"真枪实弹"地武装上：口罩，帽子，红袖箍，外带一把红外线测温枪。

门卫周师傅六十多岁的样子，闷着头在门房里烤电暖炉。老周让我进去暖和暖和，我不敢去，逼仄的空间里不知有没有病毒。

小区临街，阳光透过街道两旁树上的枯枝射下来，杂乱而清冷，应该杀不死新冠病毒。几只小雀，啾啾啾地鸣叫着，欢实得很，我已看出了它的戏谑，一副胜利者代表的兴奋与嘲弄。街上没什么人，几家早餐店也关门大吉。沉默，死寂，静得只能听到我自己的呼吸。

一个清洁女工上岗了，白色的N95口罩遮住口鼻，凸成一座山，病毒顺着"山梁"跌落，粉身碎骨。橘红的工作服孤独、耀眼，城市的颜面一点点被洗得干干净净。悲壮的表面一定是圣洁，不管是斗争，还是迎新。

一辆白车来到门口，我举手，车停，窗开。一个脑袋探出来，他的眼睛是灰色的，像个雾霾天，看不到色彩，口罩歪斜地拧在下巴上，嘴巴干裂，鼻翼像漏斗，网不住肆虐的病毒。

"你的口罩咋戴的，赶紧弄好了！"我上前一步，贴住车门。

"刚才在车里，就我一个，没事的。"他有点不耐烦，眼睛往前，雾霾更重。

"离远点！"老周捅捅我后背。我听话地后退一米，与老周并肩。

"我是这院子里的，出去买点菜，不信你问周师傅。"他辩解着。

"人家是隔壁单位的，是党员，是来咱小区义务防控疫情的，大冷的天，站了半天了。"老周为我的"不明真相"和"管得宽"解围。

"最好别出门了，病毒传染渠道很多，听说超市有的收银员都得了……"我婆婆妈妈，一副居委会老阿姨的劲儿。

"可不是咋的，现在听说可以预约送菜了，你打个电话不就行了。"老周锵锵指明途径。

"肯定贵呗。" 漏斗鼻子耸了耸肩回答。

"要钱不要命啊！"我和老周异口同声，有点凶。

门杆起，车进，雾霾散。临走，我在他脑门上测了一"枪"：36.7℃。

脚冷，和大地的痉挛一起。我来回走动，驱赶寒意。

小区门口走来一位老人，她没有带口罩，佝偻，虚弱。

我走上前，嘘着声问："阿姨，怎么不带口罩呢，这么冷，快回家吧。"

"药店买不到啊，跑了几趟了。"老人抬头看看天说。

我杵着，站了一小会，茫然。

老周凑过来，叹口气："她经常从这儿过，好像孩子们都不在身边。"

老人顺着树边走，褐色的袄子比树皮还沮丧，阳光没有洒在她身上，却落下一地阴影。

忽然想起，自己还有一个口罩在背包里。小跑，追上，把口罩递到老人手里。

老人眼中浮出一滴水，水上有我。我戴着浅蓝色的口罩，眼角上一根很深的皱纹，如橹。她在蓝色的大海上，离开污浊的大地，划得很远。

编者按语： 疫情当前，已是耄耋之年的老母亲主动放弃与儿女团聚，只为响应国家号召，不给国家添乱。家是最小国，国是千万家。相信，老人身上的深明大义和家国情怀会一直传承下去。

爱祖国，讲奉献，到什么时候也得延续

张建格　河北保定　文字爱好者

2020年1月24日（除夕）　星期五　晴

"我和我的祖国，一刻也不能分割……"上午，正在阳台晾衣服的我突然听到手机唱起熟悉的歌声，忙把手里的毛衣胡乱地挂衣杆上，向着卧室一溜小跑。

看到是母亲的来电，一颗心猛地一室，接着一阵乱跳，慌张地按了接通键："妈……"还没等我说完，母亲焦急地说："格儿，别着急，我没事，感冒也好了。"我松了口气，母亲又接着说："格儿，我跟你说，今年情况特殊，武汉疫情扩散，灾难面前咱不能给国家添乱，正月初二那天，你们一家就别回来了。""好！妈，你自己多保重。"我答应着，母亲最后说："别惦记我，我什么也不缺。跟大洋和小宝说，哪儿也别去啊！"跟母亲通完电话后，一股暖流在心湖一圈一圈地涤荡，我郑重地在心里给母亲竖起了大拇指：老妈，您真棒！

我没有守岁的习惯，但每年除夕，我都会把闹钟定到大年初一的零点，在新春来临的那一刻，给母亲说声："妈妈，过年好！"

母亲现今82岁，在距我六十多公里外的一个小城居住。早年，母亲随父亲从甘肃转山西再到河北，他们是20世纪50年代末众多投身"三线"建设者中的一员，夫妻二人在军工企业工作了一辈子。有关那个年代，父辈们在工作中淡泊名利、无私奉献的人和事都是母亲步入老年后，和我们兄妹翻看老照片时讲述的。

我的母亲，一个普通的退休工人，一个耄耋之年的老太太，一直怀揣着家国情怀。她常对我们说："爱祖国，讲奉献，到什么时候也得延续。"

编者按语：疫情面前，有一种爱叫"守望相助"。病毒肆虐，我们虽遭受彻骨之寒，但请相信，疫情过后，尘香如故。

守望相助，彻骨寒后香如故

 翟英琴　河北保定　作家

2020年2月8日（农历正月十五）　　星期六　　多云转晴

网上人们调侃：今天不要出门，否则会被病毒笑话，笑话你躲得了初一，躲不了十五。不好意思，我今天就让病毒笑话了。今天是正月十五，元宵节，亲人们团圆的日子，也是我值班的日子。我正常的值班时间应是正月初九，即节后复工的第一个周日，可是，因为疫情，复工时间推迟，我的值班时间排到了今天。

我家距离单位有十七八里路，公交车已经停运，丈夫只好把我的自行车收拾一番，我先在小区院子里骑了两圈儿，才正式出发。自从2003年闹过非典之后，我就没怎么骑过自行车。不敢开车上路的我，出门要么靠步行，要么坐公交车，时间紧就叫出租车。突发的疫情，让我不得不再次依靠这个老伙计。我有点紧张，毕竟好多年不骑了。

路上人少车少，我才不紧张了，晃晃悠悠将近一个小时，总算到了单位。处理好值班的相应事宜，同班的小姑娘值守电话，我到院子里看看。院子里的一树腊梅开得正旺，一枝枝生机盎然，一朵朵香气扑鼻。我拿出手机，从各个角度拍照留念，还发了朋友圈，供那些闭门不出的朋友们欣赏，并写下"经得一番寒彻骨，腊梅花开香如故"等一段鼓励的话。

在这个特殊时期，看到傲然盛开的腊梅花，不禁心潮涌动。腊梅又叫雪里花。在天寒地冻的时节，露天里其他的花花草草要么休眠，要么脱落了枝叶，而腊梅却开得正好。这不正是这个时期我们的写照吗？无情的新型冠状病毒肆虐全国，每日新增的确诊病例和死亡数字如同刀子一样撕割着我们的五脏六腑，恐惧像阴霾一样笼罩在人们心头。但是，中国人从来都众志成城，从来都不曾被困难所压倒、击垮。全国各地驰援武汉，驰援湖北；其他的省市都加强疫情防控，努力切断病毒的传播渠道，共同抗击疫情。此时的我们，多么像这寒冬里的腊梅啊！

大楼里的保洁员在消毒，保安也开始给院子消毒。两个保安，一个负责推车，一个负责喷雾。我急忙躲到平台上，拍下他们消毒的瞬间。推车的保安对我说："腊梅花开得真好，特别香！"我们离得几米远，都戴着口罩，但我们都互相报以微笑。

晚饭单位食堂提供了元宵，一人三个，我还吃了一个小馒头，盛了点炖土豆。用的是一次性餐具，我拿到值班室单独用餐。晚上七点半值班结束。小姑娘住在城西边，家很远，也骑自行车。我们互道珍重，分道扬镳，各自踏上回家的路。

在朝阳路口等红灯时，霓虹灯显示出万博和茂业两栋高楼的形状，中间一轮明月当空，我要转到的东风路上，两排红色的灯笼绵延至家的方向。

2020年2月10日（农历正月十七）　　　星期一　　晴

今天早饭时听新闻，保定新增确诊病例5例，这可能是疫情暴发以来保定一天增长确诊病例最多的吧？有人开始在朋友圈焦急地询问这5例病例的行程路线图。流调人员不容易，因为不是所有的确诊患者都配合工作，而行程轨迹既不能疏漏，以防漏掉重要环节造成该隔离而未隔离，影响防控效果，也不能无中生有，以免造成更多人不必要的隔离和恐慌。所以，病例的行程轨迹无法非常及时公布。我理解。

说到确诊患者的行程轨迹，这也许是许多人想要知道而又怕知道的。每次看到标有"紧急扩散"字样的正规媒体发布的消息，心里的弦都是紧绷的。确诊患者何时到过何地，尤其是乘坐过哪个车次，到过哪家大众浴池、大型超市、饭店等人流密集区域，都让人捏把汗。那时候，人们还没意识到这场疫情会如此严酷，防控还不严格，不戴口罩，随意出入游走，如果其中真有病毒感染者，后果不堪设想！自己也许幸运避开了，可是，谁又能知道下次公布的行程轨迹跟自己的行走路线没有重合呢？那么多人的公共场所，总有人是路线重合的吧？他们是否已经陷入恐慌之中了？盼望不要再出现新的确诊病例和疑似病例，也希望确诊病例尽早康复！

居住的小区开始办理出入证，以前是出入测体温、登记。每户两天只允许出去一次，而且是一个人。去工作的，要拿单位证明信。虽然严格防控让人感觉不方便，但是，我愿意让它严格，这是对我们负责，这是对我们关爱。

有人说，灾难面前，我们唯有仰仗两样东西：一是相信科学，二是对大自然的敬畏。我认为，还有一条十分重要，就是人与人之间的关爱。如果没有人与人之间的关爱，这次疫情不知道会糟糕成什么样子。截至目前，全国已经有一万多名医护人员奔赴湖北，十六省份一省包一市支援湖北武汉以外地市，建立对口支援关系。河北驰援襄阳，有人在朋友圈发图，配文"冀来之，则安之""守望襄助"，据说微博上已有不少河北、襄阳的网友开始了隔空互动，有些话很俏皮，也很温暖。有河北人介绍自家河北是产药大省，给襄阳小伙伴增加信心。有襄阳人说："感谢河北大可爱照顾我们小可爱。"我想，这就是特殊时期的友谊吧，守望相助，共克时艰！

编者按语： 国兴则家旺，国昌则家顺。唯愿疫情过后，山河无恙，人间皆安。

唯愿国泰民安

张瑞清　陕西咸阳　大学生

2020年1月31日（农历正月初七）　星期五　阴

1月22日从学校返回家的时候，想着充分利用假期和家人好好过个年，再走走亲戚，见见之前的朋友和同学，收假之后以饱满的精神状态投入紧张而又忙碌的工作和学习生活中。所以，回家时未带一本书、一支笔。

可回家没待几天，突如其来的新型冠状病毒肺炎疫情席卷全国，随之而来的是封城，封路，收假时间推迟，等等。今天是回家的第九天，每天听到和看到的全是关于新型冠状病毒肺炎的消息，确诊病例和疑似病例与日俱增，心里难免忐忑不安。

每日重复着单调的生活，时而担忧，时而祈祷，时而内心五味杂陈，时而感觉自己既无力又无用，心里惴惴不安。总想着自己是一名医学专业的学生，在这全民抗疫的关键时刻，自己到底能做点什么？至少，我得为自己身边的人，为自己家乡的防疫工作做点什么，哪怕是每天站在村口测量体温、登记来往人员信息也行啊！可是，我的医师证没有注册在这边的医院，我也没有在这边的医院实习过，再加上路被封出不去，与几位同学联系报名做志愿者，也未获得报名途径。最重要的是，我在学校所学以理论知识为主，在实践技能方面还是很欠缺的。所以，这份想尽绵薄之力的想法终未付诸行动。

不过，经过几天时间的观察，我发现有一些人似乎并没有严肃对待这次疫情。对此，我向他们晓以利害，该劝说的劝说，该解释的解释，该宣传的宣传，帮助他们了解疫情的相关知识，普及准确而有效的防护要点。鉴于每个人看待事情的角度、心态和接受程度不同，有的人可能过于恐慌，有的人心存侥幸，有的则缺乏对网络真伪信息的准确辨别能力……所以，在自己最初看来很简单的事情，做起来却困难重重，甚至有时候自己仅存的那点儿自信也被打击得荡然无存。

在举国抗疫的非常时期，待在家、不串门、不聚集就是在为国家做贡献！疫情虽然残酷，但我们每个人都在为抗击疫情尽自己最大的努力。我也相信，伟大的中国人民终将战胜病毒，赢得胜利！

唯愿国泰民安，盼望抗疫一线的英雄们平安凯旋！

编者按语： 上山人，国家公务员，疫情期间，他为让更多人了解新冠肺炎，在自己的公众号上为大家普及防疫的相关知识。他的妻子，是一名流行病学调查人员。他们夫妻二人用自己的方式为抗击疫情做出了自己的努力。

难忘抗疫的日子

上山人　陕西渭南　国家公务员

2020年1月23日（农历腊月二十九）　星期四　多云

一大早起来，就获悉武汉封城的消息，心情一下子像是掉进万丈深渊。不是一直说可防可控吗？怎么突然就封城了呢？能封城说明情况已经万分危急！封闭一座千万人口的城市，必定是无奈之举。

春运已经开始，许多人已经在回家的路上，他们很快就会散布在全国各地。万一他们中间有新型冠状病毒携带者，那么，飞机、火车、轮船岂不成了传染场所？在这个节骨眼上暴发疫情，真让人心焦啊！

更让人心焦的是，许多人还跟没事人似的，在紧锣密鼓地筹办新春庆典之类的活动，这个样子怎么能行呢？

疫情就是命令，必须立即行动起来，准备隔离场所、医用物资，在机场、车站、码头、路口开展排查。非典积累的宝贵经验是时候派上用场了啊！

2020年1月24日（除夕）　　星期五　　多云转阴

昨天下午和一个非常要好的朋友交流了下看法，内心的担忧不由又增加了几分。许多人不是疏于防范，而是没有防范。他们仍然沉浸在新年的喜庆中，脑筋没有转过弯来。刹车不好踩啊，尤其是急刹车！

我想做些防控知识宣传，从昨日中午就开始备课。可惜业务不熟悉，鼓捣了半天，也没能成功登录中国疾控中心官网。好在进入到了陕西省疾控中心官网，还算有所收获，发现了一篇《新型冠状病毒感染的肺炎防控知识问答》，非常有用，立刻下载到电脑上，准备今天一大早发到公众号上。

早上起来打开"学习强国"，发现专项答题里竟然有"新型冠状病毒感染的肺炎科普知识"，其中有预防措施、感染的肺炎患者症状、密切接触人员判定以及洗手常识等内容。这真是及时雨，我立刻将答案解析截图，并附在"知识问答"后面发了出去。希望更多的人能够看到我发的东西，做好个人防护。

晚些时候，妻子下班回来，说因为要开展流行病学调查，今年春节她们单位不放假，要求我全力以赴搞好后勤服务。并强调说，搞好后勤就是支持抗疫！没说的，这个咱做得到！

2020年1月25日（农历正月初一）　　　星期六　　多云转阴

大年三十晚上，许多医护人员由全国各地出发，驰援武汉。

他们中有的参加过抗击非典、抗击非洲埃博拉病毒，经验非常丰富；有的年过花甲，烈士暮年，壮心不已；有的是90后，在我看来还是个孩子。我也是做父亲的，我的女儿去年刚参加工作。可是，许多和我孩子年龄相仿的同志，却毅然决然地走上了战场！在疫情面前，他们一个个成了勇往直前的战士。

看着满屏的消息，望着他们坚定的身影，我忽然间热泪盈眶。每当灾难发生时，总有一群可亲可爱可敬的人，不顾个人安危，冲锋在第一线。我深深地为生在这个国家而骄傲，为身为中华民族的一员而自豪！

因为激动，一个晚上也没怎么合眼。早上起来第一件事，便是将这激动凝成一首诗——《致敬英雄》。虽然这诗是那样得稚嫩，那样得粗糙，但我希望它是一个号角，响遍这个城市的角角落落，让那些已经觉醒和还没有觉醒的人一起行动起来，早日战胜新型冠状病毒这个恶魔！

2020年2月1日（农历正月初八）　　　星期六　　多云

窗外阳光很好，隐约可以望见不远处的黄河。之所以看不清河水，是因为略有些雾霾。

街道上行人不是很多，城市依然那么安静。有人发文感叹说是"空城"，但我想，这座城市并不空。因为还有那么多的人在为抗击疫病不分昼夜地奋战着。有他们在，城市就永远不会空。

宅着其实也挺好。我家亲戚少，往年这个时候我也是宅着，看看书，写写文章，但是最近一段时间，心里特别乱，文章也没怎么写。我知道这是新型冠状病毒闹的，不是害怕，而是心为武汉揪着。

大家都挺关心武汉的，许多人天天在网上喊："武汉加油，中国加油！"这就对了，众志成城才能战胜疫情！

我们的城市也在加油，给社工加油，给医生加油，给防控加油……在这里，我想给保障食品、药品和物资供应的同志们加油，给宅着的市民加油，给接受隔离观察的人员与接受治疗的患者加油。多加油，自然会更优秀！

上网查看了下疫情实时动态，从示意图上看，虽然确诊患者还在不断增加，但是新增疑似病例有了下降的趋势，而且治愈的人数在直线增加。这都是非常好的迹象。

春天已经走在大路上，最严酷的冬天就要过去，阳光明媚的日子还会远吗？

请相信，我们一定能赢！

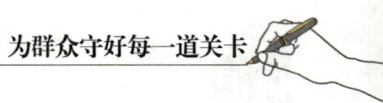

编者按语： 在西安市2月8日正式启用"西安疫情防治网格化管理系统"后，泾河新城四级联动体系也正式投入运转。牛贵璋，泾河新城一名基层的街道工作人员，在防疫指挥部的领导下，对分管的片区积极开展网格管理系统教学培训，设置防疫检查点，把责任落到实处，为疫情防控筑牢一道外防输入、内防扩散的安全网。

为群众守好每一道关卡

 牛贵璋　　陕西西安　　泾河新城泾干街道工作人员

2020年2月9日（农历正月十六）　　星期日　　阴

早上八点，从办公桌上爬起来，揉揉惺忪睡眼，伸了伸被压得发麻的胳膊，再按了按太阳穴，洗了把脸，准备开会！这是泾干街道防疫指挥部第26次会议，会上主要对防疫工作做了三点安排：一要坚定信心，众志成城就能赢；二要抓住重点，注意细节定成败；三要群防群治，集团作战合力大。重点对西安市疫情防治网格化管理系统做了安排。

昨天，网格化管理系统正式启用，外省市来西安所有人员经过"一场五站"必须扫码才能出站，并纳入网格化管理。结果，昨晚陆陆续续就回来六个人，从夜里十二点到凌晨五点半，几乎一个小时回来一个。这六人都要及时二次核准信息并落实隔离，因为不熟悉新系统，基本上处理一个需要耗时几十分钟。所以昨晚基本上就是：把睡眠托付给手臂，把保温交给外套，把值班交给耳朵！趁着空隙，草拟好《关于网格化管理工作专班的通知》，早会全体领导一致通过。随后，给强制隔离组开会，安排他们给昨天发现的2个未设防点位设置防疫检查点。今天又排查出一个点位未设防，劝回居家隔离人员两人次。

早上十点，给分管的西关、双赵、新强三个村召开网格化系统培训会，要求每个检查点必须张贴新城发放的网格化管理系统宣传海报，营造全民参与氛围，并提醒各村克服可能出现的松懒现象和厌战情绪，继续提振精神，做好防疫工作。随行送去口罩300个、消毒液150千克。沿路顺便查看了5个社区检查点运行情况。期间，接收网格化系统推送人员2人。

早上十一点半，进办公室喝口水，吃了一包黄连上清丸，感觉牙火小了！赶紧草拟《关于恶意闯站惩戒的通知》。

下午一点，接电话通知两点要到新城参加网格系统协调会。于是，起身，抹脸，整装，拿本子，开车，往新城赶。

开完会，突然一阵饿意袭来，才想起来中午忘记吃了！回办公室后整了一套街办套餐（一盒泡面、一包榨菜、一根火腿肠），一碗面下肚，舒服！

下午四点，检查茯茶镇所在的双赵村"蔬菜瓜果供应点"供应及管理情况。

下午五点半，指挥部召开第27次例会，我将下午新城网络系统协调会内容向指挥部做详细说明：一要与居家隔离人员签订《隔离告知书》《隔离承诺书》；二要每天早上9点、下午四点各扫描一次二维码，同时测量体温报送新城指挥部。

今天一共接受系统推送9人，已全部实施隔离，经过磨合，我们都变成"熟练工"了。

今天接打了多少电话，微信接发多少信息无法统计，只记得手机充了两回电！真的要为这个网络管理系统点赞，有了它，就能为群众守好每一个关卡，工作也由原来的大海捞针式的摸排转变为主动迎击，回来一个，安置一个，虽有协调之烦琐，却有稳、准、及时之功效！

记完今天的流水账，突然感慨万千，赋打油诗一篇，冀战"疫"早日胜利。

众志成城，战"疫"必赢

中央振臂一呼，省市县乡联动，
村组全力排查，确保查无遗漏。
基建狂魔出手，实力天下无敌，
火雷二神医院，十天建成神速。
检测试纸现世，排查患者更易，
精准打击病魔，白衣天使无畏。
网格管理发威，科技绽放光辉，
摸排从此主动，再无一人疏漏。
全民参与抗疫，前面无限希望，
胜利指日可待，中华国运绵长！

编者按语： 白衣天使在一线抗击疫情，和病毒赛跑，和死神抢人。他们忍渴忍累，叫人心疼；他们无怨无悔，叫人感动。

一边是心疼，一边是感动

雨兰　山东济南　自由撰稿人

2020年2月3日（农历正月初十）　　星期一　　多云

这段时间，我每天刷手机的时间也比以前多了许多。

身在济南的我，一直密切地关注着新冠状肺炎疫情的种种消息。

因为疫情，我的心情也一直处在恐惧、不安、悲伤、忧虑、无奈、绝望、愤怒、感动等诸多情绪之中。

在微信群里，我看到一张照片，有一些护士，也许是医生，她们紧挨着躺在医院的一个角落的地板上睡着了，也许没睡着只是在小憩。她们的身上还穿着防护服，脸上戴着口罩，但是身上没有盖被子。不知道她们奋战了多长时间，可能实在是太疲惫太困倦，撑不住了，就躺在地板上休息一会儿。

看到那张照片，我感到很心痛，心头涌动出前不久看到的一句话：哪有什么白衣天使，不过是一群孩子换了一身衣服，像前辈那样治病救人，和死神抢人罢了。于是，我想写点什么，最终还是决定写首诗。

睡在地板上的白衣天使

在医院的一个角落
几位白衣天使
歪歪扭扭地躺在地板上
睡着了
她们的身上穿着防护服
脸上戴着口罩

唉,不知道她们
已经连续工作了多少个小时
该是多么困倦,多么疲惫
才躺在地板上小憩一会儿
我真想给她们
轻轻地
轻轻地盖上一床羽绒被

嘘,路过的人
脚步请一定要轻些
再轻些
让她们多睡会儿
最好让她们能做个梦
在梦里
和亲人们团聚
哪怕就一小会儿

编者按语： 冬已尽，春会来。病毒肆虐，但无论如何也挡不住迎春花盛开，因为它正在某个角落里激情怒放。

听，迎春花盛开的声音

白军芳　陕西西安　高校教师

2020年2月12日（农历正月十九）　星期三　晴

我们家有一个阳台正对着西安著名的大雁塔。每一年得地气之先，大雁塔脚下的迎春花最先开放，先是一朵两朵，后是一串两串，最后是整片的迎春花瀑布。迎春花，最经不住春风吹拂，一夜之间，十字形花朵便灿烂绽开，呈金黄色，像一只只炸响的鞭炮，很是喜庆。

每年元宵节前后，迎春花瀑布就成为大雁塔游览景区的一个奇观。春寒料峭中，盛开的迎春花成为最早招徕游客的美丽仙子。这样的热情令无数游客留恋拍照。

但今年的迎春花开了，花园里却空无一人。

迎春花怎么都想不到，大家都躲在房间里看武汉各医院的护士和医生忙碌的身影；大家都在看那些因感染病毒而患病的医生，那些因加班而晕倒的护士，还有那些靠肩并肩搭建起来的防治病毒蔓延的抗疫之墙。她们的脸因护目镜长时间的压迫而印痕遍布，她们的秀发因怕影响工作而被剪去，她们的眼睛因看了太多痛苦不堪的病人而饱含着泪水。

今年的迎春花，并没有开放在公园里，而是开放在疫情感染的病房、医院、火神山和雷神山……

编者按语：她是一名护士，武汉疫情紧紧揪着她的心。但她相信，有党和政府的高度重视，有无数医护工作者的前线阻击，有基层工作者的严防死守，有十几亿民众的守望相助，疫情终会消散，春天终会到来。

没有一个冬天不可逾越，没有一个春天不会到来

王玲　新疆巴州　护士

2020年1月23日（农历腊月二十九）　星期四　多云

早上醒来，习惯性地打开微博浏览关于新冠肺炎疫情的报道，看到武汉封城了，突然心里一紧，很为武汉人民担忧，最担心的是武汉人民的健康。在这个疫情肆虐的时候，许多武汉人为了保护祖国其他地方的人们，他们取消了自己早已预定的出行行程，选择了留守。

今天的武汉，有伟大的中国共产党的领导，有先进的医疗技术，有全国各地医务工作者的支援，有千千万万人民守望相助，有无数农民工、工程师等日夜奋战，更有全国人民听指挥，不出门，严防死守的决心和行动，我们一定能取得这场战役的胜利。

杭州的郭简老师在给班上同学的一封信中这样写：人都有信仰，它不是你平日里高喊的口号，它不是你挂在朋友圈的签名，它贯穿了你一生的灵魂。而我的信仰，就是对这片土地有最深沉的爱。因为我爱脚下这片热土地，我想告诉我的孩子们，它也应该是你的信仰！

让我们各尽所能守护这片热土吧！

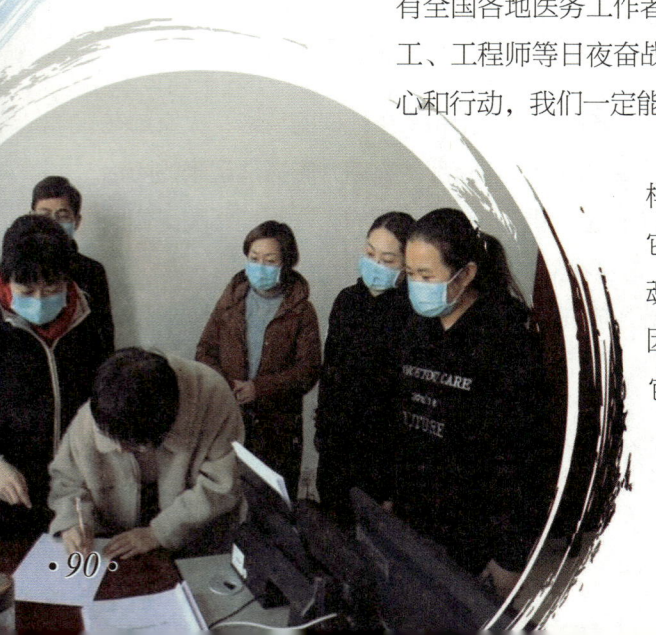

2020年2月4日（农历正月十一）　　星期二　　晴转多云

今天，当我得知以前工作过的农二师焉耆医院的医务人员要驰援湖北时，我非常自豪。短短一个多小时就有100多名医务人员积极请战，希望奔赴抗击疫情最前线，他们说："一方有难，八方支援，穿上白大褂，救死扶伤就是我们的责任和义务，我们团结一心，一定可以打赢这场防疫阻击战！"

每当有重大疫情出现时，医务人员就成了最可爱的人，成了全国人民最期盼的人，成了最受关注的人。当疫情来临时，他们冲在了第一线；当所有人都远离疫区时，他们却成了最美的逆行者；当所有人都在欢度春节时，他们却奋战在最危险的前线；当普通民众和家人团聚时，他们却在医院守护着患者。在每一次人类和疫病斗争的时候，冲在第一线的永远是医务工作者，有了他们的付出，才有我们健康幸福的生活。

期待春暖花开，绿草如茵，我们都能在阳光下奔跑。

2020年2月13日（农历正月二十）　　星期四　　多云

今天，儿子对要出门开展防控工作的爸爸说："爸爸，你别出门，妈妈说外面有病毒。"儿子稚嫩的声音让我瞬间泪目，老公的眼睛也湿润了，他转身抱起儿子说："爸爸去消灭病毒，病毒消灭了，你和小朋友们就能出去玩了！"说完老公亲了亲儿子的小脸蛋，转身出门了。

老公是新疆第二师八一中学的一名普通教师，也是一名党员。自疫情发生以来，他几乎不着家，和同事一起从大年三十晚上开始，每天摸排情况、登记信息、宣传知识、监测体温、校园巡逻、倾倒垃圾、门岗值班……

现在正值假期，校园留守教师不多，疫情防控工作就落在这些留守的教师身上。为了校园和大家的安全，他们舍弃了小家的团圆；为了保证防控工作做得扎实彻底，他们日夜巡查，挨家挨户摸排，绝不漏掉一个人；他们背着沉重的消毒器械对住宅楼楼上楼下各个角落进行消毒；他们日夜守护学校大门，仔细检查登记每一个进出的人员；他们及时传达上级部门工作要求，准确填报各种信息……

他们是校园里的普通人，但在疫情发生时，他们是全校师生眼里最棒的校园卫士，是孩子眼里最勇敢的爸爸，是妻子眼里最能干的丈夫……

没有一个冬天不可逾越，没有一个春天不会到来。愿疫情过后，苦尽甘来春满园，姹紫嫣红暖意浓。

编者按语： 乐观，可能是面对疫情时我们最需要保持的心态。困难面前不低头、不气馁、不退缩，是中国精神，更是中国力量。多少年来，我们经历了数不清的艰难困苦，倒下再站起，中国人的脊梁压不弯！在困难中，我们永远互相扶持，守望相助。

在困难中守望坚强

冯耀民　湖北南漳　教师

2020年1月24日（除夕）　星期五　阴

今天是大年三十，天阴沉着脸，从早上一直阴到下午，天黑前也没能等来太阳。

弟妹在镇卫生院上班，我之前只知道这个春节她要值班。后来才晓得，她在没有穿防护服的情况下在发热门诊接诊返乡人员，已经三天了。卫生院说是第二天防护服就到，可是一直没见到。弟弟说打了几次电话，弟妹都没时间接，刚才接了，只说了三个字"还没到"就挂了。

弟弟不说，我当时还不知道弟妹已经战斗在疫情的前线了。更不知道她还没穿防护服，仅戴着帽子、口罩、手套。口罩也不是N95口罩，就只是普通外科口罩。

我放下手机，包饺子，不是把馅儿放多了，就是放少了。

婆母小心地问我是不是周医生也染上了，说着，眼圈都红了。

爱人在擀饺子皮，我安慰她，不是感染，是没穿防护服，有危险。婆母听了着急地说："那咋行？电视上哪个医生不是从头到脚穿得严严实实，连眼睛都不露在外面。这个病传染很强的哩，和患者说话，唾沫星子飞到衣服上都能染上哩。周医生接诊三天了，不穿那种衣服，咋行呢？"

婆母饺子也不包了，只是反复说着。我听得心愈沉，给弟妹打电话，打了几遍才接。弟妹说，医院也没办法，接到上级通知，要求立即设立发热门诊，对返乡人进行诊断、排查，各个村以及街道都在派送，情况紧急，等不到防护服到位，院长都只戴着口罩询问情况。性格开朗的弟妹安慰我说："姐，没事，我们是戴双层帽子、双层口罩、双层手套，是加固防护呢？"说完，她还咯咯地笑了。

弟妹最大的特点就是爱笑，她很少有烦恼痛苦的时候，她总是有灿烂的笑。跟她在一起，多

苦闷的人,都会被感染,变得欢愉起来,可是,今天从手机那端传来她咯咯的笑,弄得我鼻子酸酸的。

电视里的报道,手机里的传闻,心一直无法平静,想着弟妹的情形,心装得满满的,寻不到出口,只好又给弟弟打电话。弟弟说,这几天连续有几个疑似患者送到县里进一步确诊。听说这几天发热门诊只有弟妹一人上班,从早晨上到晚上。医院房子紧张,没有安排隔离房间住宿,弟妹为了丈夫和儿子的安全,晚上回家在单独房间自行隔离。弟妹不准儿子接近她,连和他说话都带着口罩。

这么多年,第一次过年欢声笑语消声无音,也没有人打麻将和纸牌。一家人,围坐电视前,虽然看着春晚,但全家都静静的。我给弟妹发了一条微信:要安好!她也回复了三个字:要安好!另有一连串笑眯了眼的表情图。三天没穿防护服,把害怕和担忧深藏在内心的弟妹,还在笑着安慰我。

2020年1月25日(农历正月初一)　　星期六　　阴

今天中午11点多,我收到弟妹微信发来的照片,她穿着天蓝色的防护服,戴着帽子、口罩,虽然没有护目镜,但眼睛笑成了月牙儿,身子站得直直的,似乎在骄傲地对我说,你看,我像不像一名战士?她把这张从头武装到脚的照片发给我,是为了让我放心。可是,不知道怎么了,看着看着,泪水忍不住直往上涌,模糊了眼睛,打湿了脸颊。

弟妹这是第二次穿防护服。第一次是在2003年非典时,那时的她也是一名勇士。这次新冠肺炎远比非典来得更突然、更迅猛。家乡这座乡镇卫生院都没有准备,连外科口罩每个科室配备都有限,在疫情最前线发热门诊上班的弟妹一天也只能领一个外科手术口罩,护士大都戴普通口罩。今天送到镇卫生院的防护服也有限,不仅达不到四小时换一套,甚至连一天换一套都做不到。一个科室就一套防护服,穿一天,要连夜消毒,第二天再穿,护目镜也依然没有到位。

  刚过腊月的大山寒冷入骨，早饭后天空飘起了零星的雪花，落在年前的积雪上，愈发增添了寒冷。今天弟妹更忙，年前没来医院的，在年后都来了。因为人多，医院外搭起了临时诊台，护士们都在雪地里给就诊的群众量体温、做记录。

  下午门前大路上就有宣传车播放着"今年过年，不串门，不拜年，不聚餐""待在家里最安全"的宣传语，一遍又一遍，声声都震动着山村每一个人的心。朋友圈里也发着各村封路的图片，村口用石头、泥土、木头挡着。朋友圈一时间热闹起来，也充满了惊恐。

  县城也已封城，担心不能返城，我和爱人决定明天就回城。婆母听说了，犹豫了下说："早点回去也好，不知要闹到啥时候，免得时间长了，你们待着着急。"

2020年2月3日（农历正月初十）　　星期一　　雨

  过了年，疫情形势一天比一天严重，家乡各村宣传力度普遍加强，宣传车进村、进户更频繁，人们接受检查的自觉性也增强。镇卫生院也设置了发热隔离区，把那些发热还没确定的疑似患者单独隔离观察。医院从上到下都很忙，院长办公室的灯彻夜亮着，并亲自入户协助隔离。为了节约防护物资，弟妹和医务人员穿上防护服，不喝一口水，吃一点儿东西。接诊，电话跟踪问诊，医院里的每一个人都绷着一根弦，悬着一颗心。

  今天小城下雨，山里又在下雪。一位从武汉打工回来的村民前两天来就诊，说是感冒，量体温刚过37℃，回家观察，弟妹不间断地电话问诊。一场雪导致那僻远的住地突然联系不上了，弟妹早上联系不上，到中午还是联系不上，不容等待，弟妹和其他医务人员奔赴四十几里入村，到家诊断，这位村民已发烧38℃多，身体也出现了其他不适，医院立即派救护车送到县人民医院。

  好久没有和弟妹视频，晚饭后，试着和她打视频，她接了。看到她那一瞬间，心突然疼了。她消瘦了，笑着的眼睛那么无神，面容憔悴。问她情况怎样，她告诉了我今天那个患者的事，听得我心里紧紧张张的，对她说一定要保护好自己，千万不要大意。她调皮地竖起了大拇指对我说："瞧，我身体棒棒的，没事！"说完，又咯咯笑了。挂断电话，弟妹银铃般的笑声萦绕在我耳边，久久不能散去。可是在这疫情严重的日子，又一次笑出了我的泪水。

  夜深了，想着病毒还在蔓延，疫情愈发严峻，想着弟妹在隔离区工作的情景，没有睡意。大疫当前，只有最低的目标：好好活着。弟妹和她的同事们在家乡抗战疫情已经两个星期了，明天就立春了，春天来了，疫情终将过去，愿普天下与弟妹并肩战斗的人都能平安归来。

编者按语： 2020年，一场没有硝烟的战斗正在进行，新型冠状病毒肺炎疫情牵动着每一个人的心，战"疫"成为各级政府和社会民众的头等大事。所谓否极泰来，我们相信，此疫过后，中国会更好，中国人民会更好！

相信一切否极泰来

严榕　湖北保康　教师

2020年1月24日（除夕）　星期五　阴

2020年的春节，注定会让人刻骨铭心。

两桌热气腾腾的年夜饭冲淡了人们心头的阴郁与惊惧。春晚开始了，却无心看，一遍又一遍地翻看手机上变化的数字，心烦意乱，但不敢说什么，害怕坏情绪会传染其他人。

大家围坐在火边，看着手机，小心地谈论着疫情。回忆起十几年前遭遇非典的琐碎片段，平静的语调与表情背后是极力掩饰的惶惑与不安。窗外的天色暗了下来，远近的烟花噼里啪啦地炸开，像在每个人心头倏然绽放。孩子们欢呼雀跃地放着烟花，他们完全沉浸在了新年的喜悦里，疫情好像跟他们没多大关系，而恐惧却像一群看不见的乌鸦在大人们的心头盘旋。

看到封县、封镇、封村的消息，我顿时坐立不安起来，和老公商量后决定立马返回。和亲人匆忙告别，摸黑下楼，一脚踩空，差点摔倒，样子狼狈极了。

上了车，心里踏实了些。窗外下着雨，视线模糊而潮湿，挂着红灯笼的农家楼房在雨幕里匆匆闪过。外面无人，屋内灯火通明。

回忆起了2003年的非典，空气中弥漫着熬煮中药的味道，每天不停地量体温、隔离、打听消息、看报纸、守着工会活动室看电视……为了回家里看看，我去找领导开证明，至今还记得那证明上的每一个字：兹证明我单位XX，现年21岁，未婚，近期无发热症状及病史。那时，坐着客车，穿过很多镇子，每次下车都像是逃犯，不得不接受小镇人们异样的目光与指点。但当时并没

有像今天这般恐慌。或许那时还太年轻，年轻到完全不惧怕死亡的窥伺。而现在，我是个十二岁孩子的母亲，上面还有四位老人。再者，我们离疫区武汉并不遥远。在农村这几天，每天都遇到过从武汉赶回来过年的熟人或亲戚，这些偶遇中的寒暄加重了惶恐不安的分量。

想了一路，该下高速了。警车、急救车车顶的灯光在雨夜里闪烁，我们被告知要去临时搭建的棚子量体温、登记信息。穿防护服的女医生行动迟缓，仔细看才发现她是一个孕妇。想到这样的深夜，一个小生命未出世已陪母亲奋战在抗疫一线，不由得很想对她说声"谢谢！"

我不知道农村有多少从武汉返乡的人，但总感觉农村的疫情不容乐观。家庭式聚会有没有加速疫情传播的风险？

明天会怎样呢？焦虑……

2020年1月31日（农历正月初七）　　　星期五　　晴

已经慢慢习惯了窗外的寂静。

天光透出一派清冷，不想起床，也不想再睁眼看手机上的数字，就想一觉醒来，疫情结束，外面仍然是车水马龙的热闹与喧哗。

记得视频里那个在办公室咆哮的医生在记者面前说："我要2020重新来过。"我相信，他其实不是要当逃兵，而是一个十分敬业的好医生。谁能理解一个见惯了生死的医生，看到医院人满为患并且还有患者不断涌入时的惶恐？我不是医生，但我能想象到他内心的防线在那一刻决堤。医生不是神，他们的血肉之躯裹着的同样是一颗柔软的心。虽然，在拯救苍生的危急时刻，他们的表现是那么神勇。

其实，我也怀着同样的奢望，这样的新年，宁可不要。但它还是气势汹汹地来了，除了接受和坦然面对，我们还有什么办法呢？

一切能否否极泰来？我确信，一定能！

编者按语： 她是卫生健康局的一名工作人员，大年初一就要返岗战"疫"。她为自己能够投入这场战斗而骄傲，也有战胜疫情的必胜信念。

疫情面前，人人有责

齐岩　辽宁北票　卫生健康局工作人员

2020年1月24日（除夕）　　星期五　　晴

今天是大年三十，中国人传统意义上的春节前一天。在我们小城，今天就是过年。中午饭是一年之内最重要的一餐，在外面工作学习的儿女侄甥大多在这一天之前就已经归家，家里的老人等的就是这份亲情的热闹，亲人聚首吃喝交谈，和着外面此起彼伏的鞭炮声，彩灯华裳，酒意果香，这就是过年。

今年确实不同往岁。疫情的消息从新闻中时不时蹦出来，形势看来是越来越紧张。中午饭时，大家谈的也是疫情的发展，少了一份无忧的喧闹，多了几许担心，从阳台的窗户望下去，忽觉外面的气氛也寡淡，鞭炮声也零落，终不像往年的热闹和繁华。

吃过中午饭，接到单位电话，通知明天准时上班。那一瞬间，气氛是凝重的，想象疫情被控的侥幸想法已然破灭。都说国家国家，没有国哪有家？我屏住呼吸，顿时一股使命感与责任感从心里升腾起来。

哥哥姐姐们忧心忡忡地看着我，真的是既为国家担忧，又心疼我大年初一得去上班，估计还怕疫情严重时我会被感染，可能还为我感到骄傲吧。身为卫生职能部门的一员，能投入到这场疫情战斗中去，也是人生非常宝贵的经历。我内心的担忧大于骄傲，我不想要这段经历，我想要国泰民安、万家欢乐祥和，想要家家户户亲人团聚，想要那些患者身体健康。而现在，疫情如此危急，如若控制得好还罢了，如若蔓延开来，国家将遭受重大损失。疫情面前，人人有责。我是国家卫生职能部门的一员，更应有大局观念，有控制病毒、战胜疫情的必胜信念。

编者按语： 他身为一名基层社区工作者，在疫情来临时，舍小家、为大家，尽心尽力消除每一个隐患，堵住每一个漏洞，发现每一个疑点，为片区居民筑起了一道安全的防护网。

我做的是最基础的工作，不能有任何闪失和疏漏

 隋金钊　辽宁沈阳　社区工作者

2020年1月26日（农历正月初二）　　星期日　　晴

今天，按照传统习俗，我应该和媳妇带着孩子去岳父家拜年。可没想到的是，新冠肺炎疫情已经从武汉蔓延到了沈阳。

这使我不由得想到，自己管片里的几百户居民中，有谁是刚从武汉旅游回来的？谁家的孩子在武汉上学？我该如何提醒他们做好自我防护与隔离？就在我一筹莫展时，手机收到了书记发来的一条消息。

书记传来的排查数据显示，在我的管片里，有一名途径武汉返回沈阳的居民郝某某。我的第一反应就是，他现在情况如何？是否有发热症状？我赶忙拨通表格里的登记电话，没想到居然是空号。看来，我只能通过地址来寻找这个人了。我打开居民户籍电子台账，心却凉了半截！这户人家留下的居然都是旧信息，不仅身份证号是没升位之前的旧号码，而且联系电话也是早已不用的座机号，这可怎么办？我一边翻看着这户人家的信息，一边思考着其他突破口。这时，我突然想到了楼长李阿姨，她虽然年近80岁，却是我最得力的助手。

接通李阿姨的电话后，没想到号称"万事通"的李阿姨也犯了难。原来，那户人家早已把住所改成了学习班，平时并不住这里；李阿姨只知道女主人姓常，平日里，大家都称她为常老师。好不容易找到的线索又断了！

挂了电话，我仔细琢磨着李阿姨提供的信息：学习班教室……常老师……突然一个念头蹦出来：或许有周围的孩子在那上过课。抱着一线希望，我接连拨通了几个老住户的电话，没想到真有孩子在这个学习班上过课。

联系到常老师后，她甚为感动。原来，郝某某是常老师的儿子，这次从外地飞回沈阳的途中经停武汉，但并未过多停留……最后，我嘱咐他们需要在家自我隔离和定时测量体温。

我向书记汇报了工作进展后，又马不停蹄地赶往单位准备明天要用的宣传单。此刻，窗外已是万家灯火。

我做的是最基础的工作，不能有任何闪失和疏漏

2020年1月30日（农历正月初六）　　星期四　　晴

事发突然，我都没来得及准备医用口罩。妻子希望我留在家中不要与外人接触，可我是社区工作者，在这举国抗疫的关键时刻，我怎能窝在家里当逃兵？疫情就是命令，防控就是责任，岗位就是战场。给妻子做了一番思想工作后，我戴上棉布口罩准备出门。这时，儿子跑来闹着要我抱他，被我拒绝后，儿子一脸难过。为了他的安全，我只能选择与他保持距离。我对儿子说："儿子，为了更多孩子的健康，为了帮助更多的家庭共同抗疫，爸爸必须到前线去！""爸爸要当英雄喽！"儿子一边说一边着朝我竖起了大拇指。

我每天的"战斗"任务就是在每个单元楼入口处张贴防控新冠肺炎疫情的宣传单，并逐家访视及登记武汉返沈人员。一天要敲开几百户人家的房门，手指关节都肿起好高，嗓子也干得冒烟儿。逐家访视是防疫工作中的重点，也是难点。一些居民对我们的工作不理解，甚至像躲避"瘟神"一样躲着我，怕我在挨家走访的过程中将病毒带给他们，好在大部分居民都很配合。在辖区开超市的宫大哥平日就很热心，他见我戴的是普通口罩，便跑到车里把自己储备的N95口罩给了我一个。在防疫物资紧缺的当口，口罩堪比黄金，我深受感动。

2020年2月8日（农历正月十五）　　星期六　　晴

昨晚，和妈妈通电话，她一口气问了我一连串问题。

"害怕吗？"

怕！面对隐形的新型冠状病毒，谁不怕呢？我们没有防护服，也没有N95口罩，但每天要走访、安抚很多居民，虽然面临很高的感染风险，但我义无反顾。

"不休假吗？"

不休！我虽没有写请战书，但自疫情暴发后，我主动冲上前线。宣传防疫、例行检查、电话询问、排查患者、统计数据……我知道，在这次战"疫"中，我做的是最基础的工作，不能有任何闪失和疏漏。

"加班加点有怨言吗？"

没有！消除每一个隐患，堵住每一个漏洞，发现每一个疑点，为片区居民筑起一道安全的防护网是我的责任。尽管身体疲累，但比起完成排查任务后内心的欣慰，觉得都是值得的。

挂了电话，我忍不住流下了眼泪。过年前，给妈妈买了两包她喜欢吃的零食，本想过年给她送去，可是，至今已经有半个多月没见过妈妈的面了。妈妈不仅没有埋怨我，反而在电话里叮嘱我要尽心工作，不得有丝毫懈怠。妈妈，等疫情结束后，我一定好好陪陪您。

编者按语： 疫情面前无小事。一线人员在抗疫前线忙碌，后勤保障更不能有丝毫懈怠。有无数个和乔娟一样的后勤保障人员在用他们的方式默默地为抗疫做贡献，他们和一线战士一样，都在疫情防控的现场。

国家有难我参与，疫情防控我在现场

乔娟　辽宁大连　公务员

2020年2月8日（农历正月十五）　星期六　晴

昨天下午接到单位电话通知，让我到高速路口给一线测温人员做后勤保障工作。所谓后勤保障，具体工作就是在测温点为一线测温人员煮饺子、煮元宵、烧开水、加热饮料等。

接到通知后，我的心就一直忐忑着，既高兴又莫名担心。高兴的是我能亲自参与这次战"疫"，担心的是那些一线测温人员接触的都是来自四面八方的人，安全该如何保障。

后盐高速路口是进入大连唯一的高速路口，它是大连主城区的北大门，也是市区北部的交通枢纽，地位举足轻重。突如其来的新冠肺炎疫情让每个城市都进入了战备状态。在全国一盘棋的防疫方针下，按照省市部署，大连甘井子区委区政府于1月29日在高速路口设立了测温点，由区医院、区执法局、区城发中心、区农发中心、区交警大队等单位组成，数百人24小时轮值轮岗，全力排查过往司乘人员的体温状况，发现异常，第一时间与医院对接。

早上5点多出我就出门了，来到保障点加工现场才发现这里很简陋，仅有两个电磁炉、两口大电饭锅、两个电水壶，没有自来水，所有食物都需要矿泉水来做。这装备要做出一百多人的饭谈何容易啊！时间紧任务重，来不及多想，我和另外两个同事立刻进入工作状态，开始烧水，准备煮饺子和汤圆、烫饮料。可是我们三人即便让自己飞转起来也依然没能让食物及时摆在大家前面，进来询问的人似乎一刻也没断过。看着他们疲惫的面容和饥饿的眼神，我早已把自己先前的担心忘得一干二净，只想快点让他们喝上热水，吃上热饭。

和一线测温人员相比，我们的条件还是很不错的，虽然没有暖气，可毕竟是待在有顶有壁的房子里，而他们一天24小时站在大路上轮岗，虽然有帐篷能休息，但毕竟是室外，温度很低。大连虽然不是极寒地区，但冬天也是很冷的。

我想，每个身在防疫一线的人都知道工作的危险性，他们也怕病毒侵袭，内心也有恐惧！每个人都是血肉之身，但如果大家都逃避，谁为百姓筑起安全屏障？总要有人站出来，总要有人冲上去！所有逆风前行，危险面前不退缩者都是真正的勇士！

虽然我做的事微不足道，但足可骄傲：国家有难我参与，疫情防控我在现场！

编者按语： 疫情来临时，在农村有这样一群人，他们不辞劳苦、坚韧不拔，始终坚守岗位，在村民们都闭门不敢外出的情况下，他们却在村落间逆风前行，宣传引导，摸底排查，一直奋战在防疫第一线，他们就是群众眼中的"门神"。

基层战"疫"，我们在行动

后爱强　四川成都　教师

2020年1月27日（农历正月初三）　　星期一　　阴

　　经过整整一天的辗转和折腾，终于到家了。下火车的那一瞬间一阵冷气扑面而来，让我感受到这大西北"暖暖"的拥抱，而这种仪式感我一年才能体会一回。跟随人流走到出站口，眼前的场景令我大吃一惊，出站口两边挂着很多防疫宣传横幅，横幅上的标语都很"硬核"很"乡村"："今天到处串门，明天肺炎上门""今天沾一口野味，明天地府相会"。

　　刚出车站就有几名医护人员过来测量体温，小护士轻轻地将测温枪靠近我的脑门，一看体温正常，她又问我还有没有口罩，如果没有的话，可以在旁边领取，并提醒我做好防护，还特意叮嘱我回家之后要做14天的自我隔离。火车站外所有载客的面包车都要强制消毒，并且严查超载现象。我原以为在火车站有医护人员蹲点排查很正常，毕竟这里是人员密集区域，其他地方的防控管控可能会松一些，可谁知我想错了。在坐上车回家的路上，我发现村里的防御工作做得更加"硬核"，劝返点的标语各有千秋，都很接地气。

　　就在刚刚，一个驻村的同学给我发来一张他们在劝返点排查外地返乡人员工作时的照片，同学还提到参与排查的人都是自带干粮的村干部和党员。

　　人们都说，根基不牢，地动山摇。如果把我们的国家看成是一个建筑物的话，那么农村就是这个建筑物的基础，农民则是这个基础的构成元素。在灾难来临的时候更加能体现出我们国家社会主义制度的优越性和集中力量办大事的优势。此次疫情如果发生在国外任何一个国家，后果都是不可想象的，但是我们国家通过全国上下的一体协作，最大程度上防止了疫情的扩散。这次战"疫"当中冲在第一线的除了可敬的白衣天使，还有无数农村的基层党员、干部，他们是农民的主心骨，农民安则国安，农村富则国富。

编者按语： 灾难当前，守望相助。克服重重困难，用直升机送来的不仅仅是防疫物资，还是在外的游子对家乡深深的牵挂。

守望相助，共同战"疫"

谢丙其　浙江瑞安　教师

2020年2月10日（农历正月十七）　　星期一　　晴

上午11时2分，一架黄色的直升机稳稳地降落在瑞安市交警大队车管所停车场内，"终于来了！来了！"等候在此的20余名工作人员早已按捺不住激动的心情，小跑上前，从直升机上搬下装满物资的箱子。

上午8时55分，瑞安市交警大队接到通知，来自中国船舶集团的直升机已准时从上海浦东金桥基地起飞。各方开始了紧张的接机准备。

上午10时58分，一阵"隆隆"的巨响由远而近传来，抬头望去，一架黄色直升机从北边方向飞来。直升机飞至车管所上空时，在周边盘旋了两周，寻找最佳的降落地点。随后，直升机往车管所停车场方向飞来，缓缓降落，一时间尘土飞扬。

据机长介绍，他们今天一早就赶到上海浦东金桥基地，实时关注天气状况，等待最佳窗口期。"从任务下达到飞行执行，我们公司一直在准备，今天天气情况非常好。各方对我们也非常支持，给出了最佳的直飞点，从上海飞到瑞安，我们仅用了2小时5分钟。"机长方晨说。

卸完货，简单休整之后，方晨、陆越宸两位机长和在场的工作人员一起高喊："瑞安加油！温州加油！武汉加油！中国加油！"

根据物资清单和现场工作人员的清点，此次直升机一共为瑞安运送了21箱防护服和10箱口罩，共计31箱500公斤左右的防护物资。其中9箱防护服是瑞安市交警大队通过瑞安上海商会订购的，其余是瑞安上海商会分别向瑞安市人民医院、瑞安市卫生健康局捐赠的防护服和口罩。瑞安上海商会的工作人员说，得知家乡缺少医疗物资，瑞安上海商会的会员们都非常着急。会长林国伟发起募捐，商会党工委、党支部、副会长、理事等积极参与，纷纷捐款，最终他们找到江苏昆山一家有资质的企业购买了这些物资。

这批物资从购买到运送，其间过程可谓一波三折，最终在今天才顺利运达。不由让人感叹：疫情当前，大家无论身处何地，都能守望相助，共克时艰！

编者按语： 尚凯，河北辛集一位税务工作者，疫情期间，尽管不是自己职责所在，也依然急纳税人之所急，充分利用微信等方式帮纳税人解决了购买发票的难题，在纳税人和业务主管之间架起了一座沟通的桥梁。

春回大地，情暖人间

尚凯　河北辛集　税务局工作者

2020年2月3日（农历正月初十）　星期一　晴

今天是春节长假后第一天上班的日子。

我前脚刚迈进办公室，还没顾上开窗通风，微信像是装了监控似的，响了起来。

"您好，我的发票用完了，今天能领吗？着急用呢。"来消息的是分局纳税人群里的一个群友。文字的后面，还加注了一串抱拳感谢的表情。

按照职责分工，我们分局不负责发票业务，而且一般情况下，分局长也不直接跟纳税人打交道。这个群友在这个特殊的时期联系我，想必是"有病乱投医"了。我顾不上安排其他的工作，甚至连制服都没换，赶紧打开语音，拨通了他的微信电话。

"对不起，局长，我是真急了，客户那边催着要票，没票不给汇款，但我的发票用完了，又不知道怎么联系票管员，只能打扰您了，我也知道，咱们分局不负责发票领用，但我……"还没等我开口，他在那头就一个劲地致歉，我似乎看到了他那惴惴不安的样子。

"别急别急，先说正事儿，您需要什么样的发票，需要多少，什么面额的，慢慢说，我帮您问问。"我一边安抚他，一边打开了市局业务交流群。

  今年的新型冠状病毒来势汹汹。为了加强疫情防控，减少人员聚集，阻断疫情传播，省市局出台了一系列应对措施。市局领导为了不影响纳税人的正常业务，在广泛推广电子税务局和手机APP等网上办税渠道外，还在沿街门店租用了一排橱窗，安装了自助机，设立了临时办税大厅。这位群友所说的领票这种事儿完全可以在自助机办理。

  "您去皮革城南面东侧办理吧，那有税务局的自助机，24小时提供服务，可以办理发票领购、线上开具等业务。不过，建议您错峰出行，戴好口罩，回家后赶紧洗手。"我把自己了解到的情况，包括防疫注意事项一股脑地告诉了他。

  晚上八点多，他又一次打来电话，难为情地说折腾了快两个小时了，发票还是领不出来。我让他打开微信视频，同时用家人的手机拨通了办税大厅业务主管的电话。这样他说一句，我传一句，然后再向他转达业务主管描述的流程，几经反复，自助机终于"吐"出了发票。

  "隔座送钩春酒暖"，我这次"隔空送票"，只不过是多打了几个电话，却在纳税人和业务主管之间架起了一座沟通的桥梁。非常时期的无奈之举，相信会给这个疫情肆虐的寒冬增添一缕暖意！

  疫情无情人有情，隔离空间，不能隔离爱！

  疫情终会过去，春天已经到来。愿我们尽快度过这个非常时期，让春风吹绿大江南北，吹遍我们的神州大地。

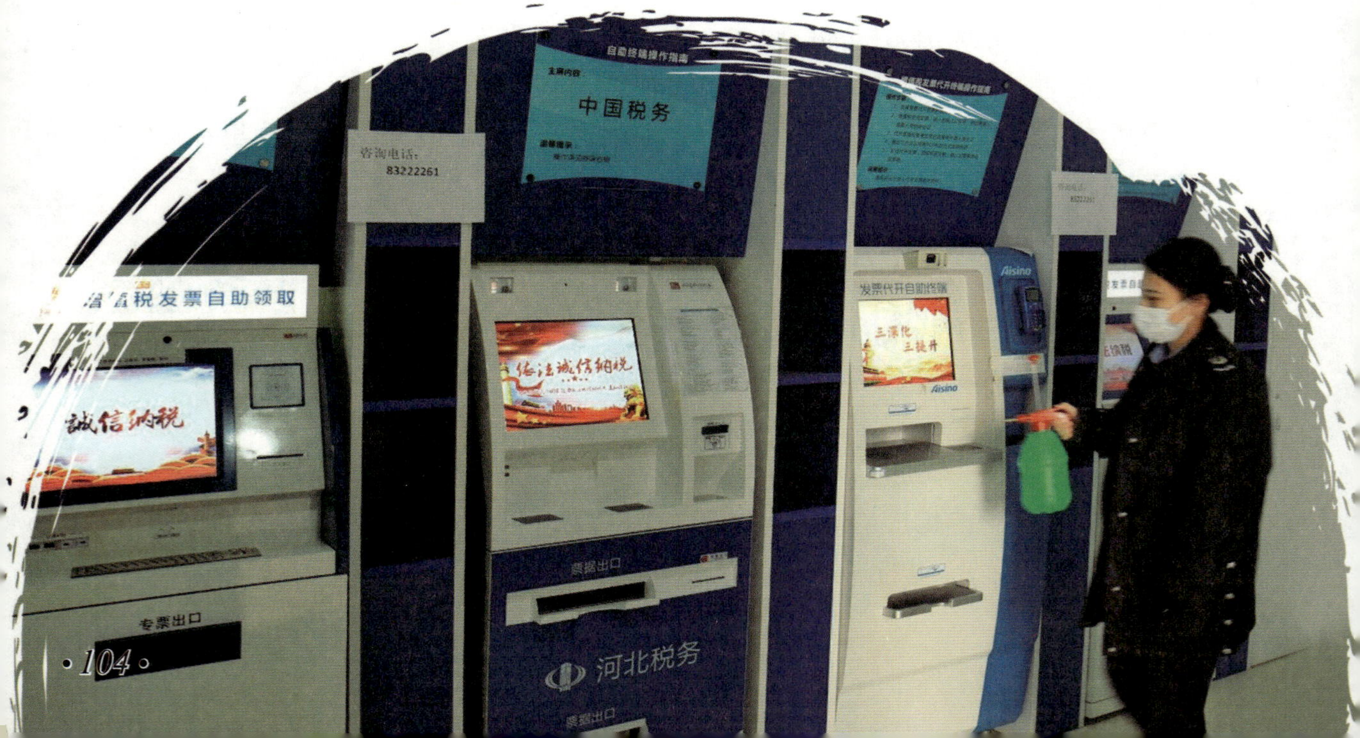

编者按语： 把善良传递下去，这就是信仰的力量！疫情突如其来，武汉人民就像英国亚姆村村民一样选择了留守，为的是把善良传递下去。天佑中华，美德永流传！

把善良传递下去

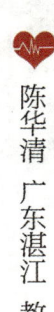

陈华清　广东湛江　教师

2020年1月22日（农历腊月二十八）　　星期三　　晴

这些日子，我每天起床做的第一件事就是用手机看与新冠肺炎疫情有关的新闻报道。

今天，李兰娟等专家建议武汉封城，人员不出不进。

武汉是疫情核心区，专家根据疫情情况做出建议，封城是"断臂"之壮举。我把一篇题目为《武汉市长回应"封城之说"：全城已进入"战时状态"》的文章链接发给夏老师看。她是我参加全国教育培训时认识的一位武汉教师。

"战时状态"几个字让我神经紧绷。我问夏老师有没有去其他地方的打算。夏老师很快回复我："谢谢陈老师的关心！我和家人哪里都不去，就守在武汉，与武汉共生死，像亚姆村民一样把善良传递下去！"

英国亚姆村的故事是我多年前跟夏老师分享的。在这个特殊时期，她又一次提起，曾经的感动又涌上心头。

17世纪，历史上最为恐怖的瘟疫黑死病席卷欧洲。奇怪的是英国北部却安然无恙，仿佛黑死病与他们无关。这要感谢位于英国中部德比郡山谷内的亚姆村村民。1665年夏天，一位伦敦商人把藏有已染上鼠疫病毒的跳蚤的布料带到村里。病毒最先传染给裁缝，致使其全家人两天内死亡，接触过他们的村民也很快染上疾病。村民们得知这就是恐怖的黑死病时，准备向北逃离。

牧师威廉第一个反对逃离。他说："谁也不知道自己是否感染，如果感染了，逃与不逃都是死，但逃出去一定感染更多人。留下来吧，让我们把善良传递下去，后人会因祸得福。"最终村民们做出了极具牺牲精神的选择：留在亚姆村！

威廉牧师叫每个染病的村民事先写好墓志铭。而他的墓志铭只有一句话：请把善良传递下去。是的，正是因为亚姆村人的善良和勇于牺牲精神，才成功隔断了黑死病朝北蔓延，挽救了千万人的生命。

把善良传递下去！这是善良人所做的决定，而这也同样需要做出自我牺牲！在武汉被病毒肆虐之时，重温这个关于善良的故事，我心潮澎湃，泪如泉涌。武汉封城，既是大局之计、善良之举，也是像亚姆村民一样具有牺牲精神的大爱。夏老师只是众多武汉人的一个缩影，他们并不是无处可去，而是他们要把善良传递下去。

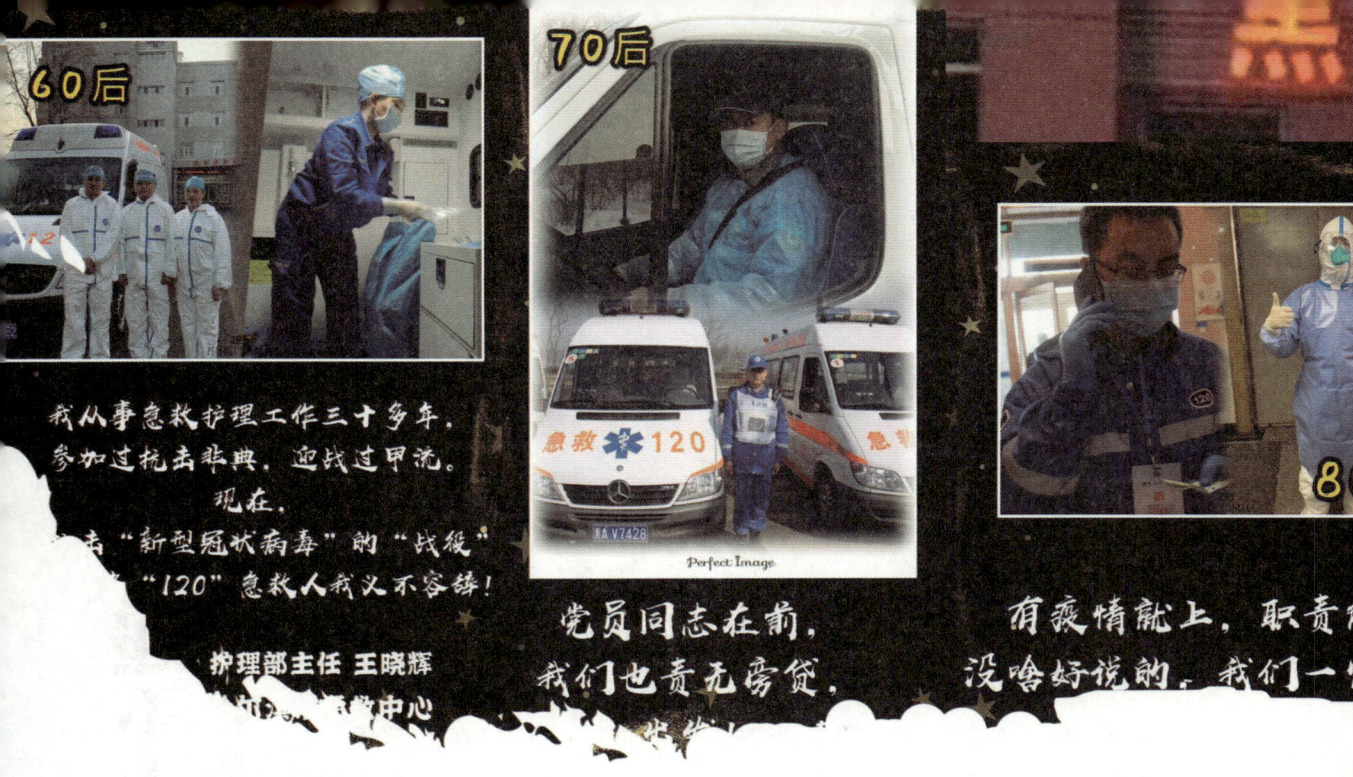

编者按语： 疫情之下，每天增长的确诊病例数字牵动着人们的心，一个个鲜活的生命怎能就这样被病毒无情夺走？我们在和病毒赛跑，而且我们坚信：我们能跑赢病毒！

战疫情，急救中心在行动

孙秀峰　黑龙江哈尔滨　急救中心消毒班护士

2020年2月1日（农历正月初八）　　星期六　　晴

　　午夜，我们几个护士围在一起吃自嗨锅，一份自嗨锅便是我们对自己从清晨忙碌到午夜最好的犒劳，而这份犒劳是已经转运了三名患者的孙宇峰送给我们的。

　　他真是勇敢，接到任务时冲我们说："这次可是大活！"眼里却没有一丝恐惧。听到他的话，我内心紧张起来，因为"大活"便是指确诊患者！桥姐连忙为他找防护服，嘱咐他注意事项。他一个劲儿地点头，因为麻利的桥姐已经为他穿戴整齐，他说话不方便。我们这样做是为了能快速转运，为后期的救治赢得宝贵的时间。

　　为车辆进行消毒的七华和丹姐几乎没有进屋休息的时间，我们透过厚重的玻璃门与他们交流最多的便是还有多长时间完事儿，我好告诉外面的车还需要等多久。

由于场地有限，我们要告诉回来晚的司机尽量慢点开，因为洗消库有车在消毒时他无法进入。司机们从来没有任何抱怨，对讲机回复的也超级简单，只有两个字："收到"或是"明白"！而谁又能真正体会穿着隔离衣且戴着N95口罩在驾驶室狭小的空间里的他们，此刻是否也想早点卸下防护给家里报个平安！

我已经在两个消毒班看到过春生和小孟了，他们都已经能很熟练地穿脱隔离衣了，眉宇间是满满的淡定。小孟的脸看起来有些红肿，想必是总戴口罩闷的！春生总是需要我们把鞋套为他穿好，他调侃自己实在是胖得弯不下腰。我们非常乐意为他穿戴，因为他笑起来的样子真好看，像极了乐观的大白！

桥姐忙碌了一整天，我让她回寝室休息，她总说再等等，我知道她是舍不得脱身上的隔离衣。就这样，我们一直等到最后一组车回来。最后这趟转运的是户籍为武汉的发热患者，有些患者不太配合，他既要把患者全部顺利送到医院，还要帮着患者拿箱子。完成了这趟转运，他今天的任务还没结束，需要继续待命，因为机场还有航班陆续到港。

辉姐和嘉姐很早就来到我们消毒库，帮助接到命令单的同事穿隔离衣，细化工作流程。她们饱满的工作热情让我真心钦佩！

这场战役还在继续，可终将会结束！向所有医者和驰骋在路上的司机致敬！祈福转运的同事凯旋！爱你们！

编者按语： 在严峻的疫情面前，医护人员忘却疲劳，忘却危险，为了节省防护物资，他们十几个小时不饮水、不进食。即便如此，已经在场的，没人退缩；还没在场的，主动请战，他们争先恐后驰援武汉。

踊跃请战，驰援武汉

肖渊茗　湖南长沙　医生

2020年2月2日（农历正月初九）　　星期日　　晴

六点二十分，闹钟准时响起。这是我昨晚睡觉前就调好了的。迅速穿好衣服，洗漱完毕，给自己煮了一碗面。今天比平日多煮了很多，因为吃了这碗面以后，下一餐要等到下午六点钟以后了。

七点十分，准时出门。路上空空荡荡的，公交车也不见踪影。我一阵小跑，七点半钟准时赶到工作岗位——湘雅医学院附属第三医院。现在，我们医院成了收治发热疑似患者的定点医院。

到了医院第一件事是换衣服。和其他医务人员一样，穿上防护服，戴上口罩和护目镜。为了节省防护用品，工作期间不能吃饭，不能喝水，不能上厕所。为了解决内急问题，每个人都要穿上纸尿裤。中途如果纸尿裤弄脏了还没时间换，得一直兜在身上。

八点钟，我准时站到了前台。我的任务是分诊，也就是说，每来一个患者，就有一个护士上前量体温，然后到我面前登记。我要非常详细地询问这个患者是不是到过武汉或是湖北其他地区，有没有和来自武汉及湖北其他地区的人接触过，身上有没有什么症状，然后再根据实际情况分配患者到相应的科室接受进一步检查。

2020年2月7日（农历正月十四）　　　星期五　　晴

  早上护士长过来通知大家说现在武汉急需大批医务人员，我们医院要组建一支130人的队伍明天驰援武汉，其中医生30名，护士100名，号召大家踊跃报名。

  今天，整个医院除了正常的工作以外，大家最关心的就是支援武汉请战报名的事情了。在微信群里，我看到大家一个个争先恐后，踊跃报名。同事小周说："我第一个报名。我的校友在前线牺牲了，我要跟着上。"还有一对夫妻同在我们医院工作，家里有一个四岁的孩子，可夫妻双方都报了名。老公问老婆："我们都去了，孩子谁带啊？"老婆毫不迟疑地说："让朋友帮忙带，我们已经说好了！"还有一对父子也同在我们医院。父子俩都报了名，为此父亲还很得意地说："我们这叫上阵父子兵啊！"看到大家踊跃报名驰援武汉，我莫名感动。直到这一刻，我才真正体会到迎难而上、奋勇直前的真正含义，在他们每个人身上都有着一股无畏生死、善战攻坚的高尚品格。

  不到半个小时，报名的人数就已经远远超出了预定的人数。晚上，定下来要去武汉的医护人员名单公布了，主要是呼吸科、传染科、ICU、心内科、麻醉科等科室的医生和护士，而且他们个个都是科室的精英，不但技术好，业务能力强，而且都是能打硬仗的人。大家互相鼓劲儿，一个个慷慨激昂，恨不得马上就出发。那一晚，微信群里满是没去成的人对即将出发的战士的各种提醒、嘱托和祝福。

  祝福那些可爱的人儿，愿他们保重自己，战胜疫情，早日凯旋。

编者按语： 疫情笼罩下的城市，没有了往日的喧嚣，长长的街道只剩下宁静与寂寥，一座座城市好像被按下了暂停键。我们的城市病了，但我们依然爱她，我们有信心治好她，让她恢复往日的活力。

我们的城市病了

 胡天泉　陕西西安　公司职员

2020年2月4日（农历正月十一）　　星期二　　晴

今天是二十四节气之首——立春，这本来是万物闭藏的冬天的结束，是春风送暖、万物复苏的开始，可是因为这场突如其来的疫情，我们还得继续"冬藏"。

我家楼下本来是这座城市的主干道，平常车水马龙，经常堵车堵得水泄不通。可是眼下，这条街道白天都少有车辆，更别提晚上。有时在想，城市的每一条街道就像人身体里的一根根血管，街道上的车辆和行人就如同血管里流淌的血液，他们在为这座城市源源不断地输送着营养，这座城市才能健康地运转。现在血管快干涸了，我们的城市病了。夜幕降临，街边建筑物上的霓虹灯依旧亮起，但欣赏它的人却没有了，闪烁的霓虹让这座城市显得更加孤独与无助。

城市就应该有城市的样子，春天的城市就应该是大街上人头攒动、景点就应该被堵得水泄不通，广场上就应该有大妈们舞动的身影，公园里就应该有孩子们追逐嬉戏……可是现在什么都没有，城市没有了城市本该有的样子。当逛街、撸串、看电影、喝咖啡，哪怕是堵车这些再也平常不过的事情都成了奢望的时候，我才深刻体会到了什么叫作可怜。

我们真应该好好反思，到底是什么造成了病毒肆虐？是不是因为我们没有了做人的样子？人类总以为自己处在整个生物链的最顶端，可以为所欲为。人类总自以为是，对这个地球上别的物种缺乏敬畏之心，总肆意践踏其他物种的领地，殊不知我们迟早要为自己的愚昧与自大埋单，而且在其他物种的报复面前，我们才知道自己的无能与可怜。

真心希望我们通过这次疫情，能找回做人的样子，学会尊重，学会敬畏，学会与这个地球上的一切生物和谐共处。我们始终要牢记，是我们人类需要地球，而不是地球需要人类，没有人类，地球或许会更加健康！

真心怀念往日的一切：人来人往的街道，曾觉得乏味的工作，广场舞大妈的音乐，最没营养的快餐……相信在不久的将来，这些都会很快到来。

编者按语： 她是一名身在疫区的作家，但她并不恐慌，因为她知道事在人为，武汉终究会恢复昔日的繁华。

我们不是武汉人，但武汉有我们的家

陈梦敏　湖北武汉　作家

2020年2月2日（农历正月初九）　　星期日　　晴

这段时间，许多人过得非常焦虑，从抢酒精，抢双黄连口服液，害怕电梯按键传染等，可见一斑。虽然身在疫区，但我一直觉得自己过得很淡定。一则，迄今为止并没有听说我所住的小区附近有人感染上新冠肺炎；二则，我是一个安静的人，平常就极少与人接触，生活无非是阅读、写作、散步，简单之极；三则，我非常喜欢的一句话是——不为明日之事烦忧。少出门，出门即戴口罩，回家立即洗手，做到这些，应该就差不多了。在采取了该做的预防措施之后，下面就坦然地等待命运的安排就好了。

但在今天，我却为朋友周羽而担忧。

她昨天去超市买菜，买的东西过多，提回家的路上出了许多汗，晚上发朋友圈说自己的咳嗽加重了。

看到这个消息，心里一紧。她的先生是医务人员，这段时间根本无暇照顾家庭，买菜做饭的事都落到了她的头上。再加上去超市的人也比较多，感染的机会大，真为她捏了一把汗。

早上，看她的朋友圈，未发消息。赶紧给她留言，问她好些没。她一直没有回复，我的心不由得悬了起来。直到下午收到她的回复，说自己不要紧，我才觉得安心了许多。

武汉的确诊数据每天都在增长，网上各种有关疫情的帖子也让人心里特别难受。突然觉得，全城隔离的日子，就是最大的"断舍离"，让人重新审视一下自己在从前的生活里是否做过很多没有意义的事。

不敬畏自然的人，其实在自然面前是那么的渺小。

希望我的朋友们一切安好。

2020年2月6日（农历正月十三）　　星期四　　晴

老妈早晨起床后告诉我，她的心脏病犯了，浑身发冷，出了一身的虚汗。

老人家有高血压、冠心病、糖尿病、痛风，平时就要吃一大堆药。如今，因为疫情的缘故，不敢去医院，在我给她买过一次药之后，有的药又不够了。

我赶紧戴上口罩与手套，去药店为她补买药品。

我家附近有个小药店，七七八八配了些药，但仍有短缺。于是，我再往前走，想去看看别的药店会不会有我要买的药。

在路上接到物业的通知，小区有一户确诊新冠肺炎，有两例疑似病例。

原以为我们小区会是一方净土，如今也"失守"了。

走在路上，看着空无一人的街道，冷清得想让人落泪。同时，又为我的父母深深地担忧。患有基础疾病的人，一旦患上新冠肺炎，后果不堪设想。想起我爸前不久还去过医院开中药，并且没戴口罩，想起我妈也是没戴口罩去的菜市场，如此种种，我不能不怕。虽然他们一到我家，我们就把他俩保护得很好，但新冠肺炎的潜伏期是十四天啊！谁也不知道，十四天后命运会带给我们什么！

就这么一路胡乱地想着，找了三家药店，给老妈买了药。除了两种药缺货，其他都已经补齐。

每天增长的确诊病例对置身事外的人来说仅仅是个数据，但落到每个人、每个家庭头上，就是生离死别，撕心裂肺！

不知不觉积压的情绪终于爆发了。我狠狠地哭了一场。我为我的无力感而哭。

但我知道，哭过之后，还得打起精神来，努力守护一家人的平安。

我们不是武汉人，但我们在武汉有家，我们不想远离自己的家园，我们希望能看到武汉恢复昔日的繁华。

编者按语：她是一名医生，给武汉已确诊的患者寄去了几十包中药。她知道，生活节奏乱了没关系，心却不能乱，要是人人竭尽所能，担起责任，阳光一定会驱散阴霾。

正视，面对，接受，战胜

楚林　湖北襄阳　医生

2020年1月24日（除夕）　　星期五　　小雨

今天是大年三十，年夜饭比较简单，就是自家的五口人，颇有些冷清。原本提前半个月先生就在酒店订了两大桌，新型冠状病毒的消息出来后，酒店主动打电话来取消订单，叔伯姐妹们也都来电取消聚会。昨天武汉封城，今天又有黄冈、孝感等六个城市被封，襄阳也开始紧张起来。囤积的口罩卖空了，粮食蔬菜也在往家里屯。团年饭吃得不够热闹，放筷子时老爷子说："可惜现在过年不能放鞭炮，如果能放就好了，炮里面有硫黄、火药，也许能把病毒炸跑。"

吃完饭开车回小家，一路上特别安静，飘着小雨，路灯昏黄，几乎没有行人，也没什么车辆，平时半个多小时的行程今天只用了不到二十分钟。进小区时，见大门口贴着一份醒目的"紧急通知"：根据湖北省政府关于加强新型冠状肺炎防控工作的通告，辖区内凡是2020年1月9日之后回襄阳的人员（含在武汉工作回襄阳探亲居民或在武汉上学返襄阳的学生）请立即打电话配合社区如实进行登记。

女儿站在那里静静地看完后不吭声，突然哒哒哒地跑上楼。先生给我递了个眼色。女儿在武汉上大学，1月13号才坐高铁回来，有些轻微感冒，不时咳嗽几声，一直也没当回事。这几天从武汉传来的消息越来越多，气氛也变得越来越凝重，女儿也开始有些紧张，不停地量体温，待在房间里不出来，不断怀疑自己是不是病毒携带者。

最早关于肺炎的消息来自女儿，回家的前一天，女儿还说让我们上班时一定要注意，有发烧患者要及时送去做检查。我听后心里便咯噔了一下，想起了非典，连忙说与先生，他却没怎么在意，一直到封城的消息出来，我们才有了警惕。

临睡前，和先生悄悄地商量，春节期间尽量不出门，所有的亲戚朋友一律电话拜年。让女儿适当隔离，按时吃饭，按时喝药，尽快治好感冒。少在孩子面前提武汉和有关肺炎的负面消息，多陪她说说话，看传播正能量的新闻和影片，坚持每天练一个小时瑜伽，分散注意力。另外，也是最重要的，就是要告诉她，不论这次感冒是不是冠状肺炎病毒引起，我们都不能逃避，要正视、面对、接受，然后才能战胜。

2020年2月2号（农历正月初九）　　　星期日　　　晴

早上一打开手机，就不停地有人打电话，发信息问我们医院还有没有双黄连口服液。我说没有双黄连，但有金银花、黄芩、连翘等中药，中医药管理局颁布的预防和治疗肺炎的中药配方中含有双黄连的成分，煎后服用或许疗效更好。但是，很少有人愿意接受。如网友所说，不仅医院、药店里的双黄连售空，连超市里的双黄莲蓉月饼都没有了。可见大家内心的恐惧有多深，压力有多大，思维有多乱。看朋友圈，也是各种紧急求助信息：口罩、防护服、护目镜、消毒液、药品、床位等，看得让人揪心。武汉的朋友也不断地传来各种让人不安的消息。在灾难面前，人类是多么的渺小和脆弱啊！

时间、空间、节奏、秩序、生活都乱了，心却不能乱。尽量不让思想被泛化，要保持冷静和理智，找一些力所能及的事情来做。下午和先生一起用顺丰快递发了几十包中药。全部免费寄给武汉已经确诊但暂时还没能住进医院的患者。这些名单是武汉热心的朋友和一些网友提供的信息，希望能够为他们救急。寄完快递，外面的阳光洒在脸上，我仰望天空，张开双臂，想让阳光驱散心里的阴霾。我知道，命运的大船只是暂时行驶在泥泞中，若我们人人都能贡献自己的一点力量，担起自己的责任，就一定能扛过去！

编者按语： 谁没有父母、孩子和亲人？那些义不容辞请战去前线的战士们不过是在关键时刻选择了舍小家、顾大家。他们都是普通人，但只要祖国需要，他们就立马站出来，只为祖国的春天早点到来。

你们是春的使者

 王素艳　内蒙古通辽　企业职工

2020年1月28日（农历正月初四）　星期二　晴

今天，我看到了一则关于草原勇士驰援湖北的消息。

这支英雄团队是内蒙古首批援助湖北的医疗队。139名医护人员紧急飞往荆门市，开展新冠肺炎患者的医疗救治工作。在这批医护人员当中，年龄最小的才24岁，年龄最大的一位大姐已经年过半百，但她仍像年轻人一般行走如风。这位大姐的老母亲已经80岁了，姐姐也因脑梗而卧病在床，所以她一直没敢告诉亲人要去驰援湖北。

谁没有父母家人？他们只不过在关键时刻选择了舍小家、顾大家。

在武汉疫情前线，像这样的人还有很多。比如，有个女包工头听说要建设火神山医院，第一时间带领团队赶到武汉蔡甸区；有个农民工大哥，在回家的火车上听说雷神山医院建设急需人手，便毅然下车，自己打车赶往反方向的工地……他们都是普通人，但只要祖国有需要，就能马上站出来！

危难时刻勇立潮头的是英雄，在后方默默付出的人也值得称道。刚写到这儿，就有朋友打来电话说，老家那边可能从今天起要加强交通方面的管控了，对外地返乡人员也要加强检测和排查。我不由得站直了身体，因为，我看到一场事关全局的阻击战也正在后方拉开帷幕……

2020年2月4日（农历正月十一）　　　星期二　　晴

今日立春。俗话说：一年之计在于春。春的到来总是带给人希望，尽管此时，举国上下正面临着来自新型冠状病毒的挑战。

不知此时武汉温度如何。听说，有的医护人员穿棉裤外加一层防护服，还是冷。那些为了便于穿戴防护服而剪掉长发，甚至剃光头发的护士们，她们在上下班路上会不会冷？

来自世界各国的飞机起起落落，来自全国各地的运货车辆川流不息，从医疗物资到生活用品，满载浓浓的关爱交到武汉。你看，河南嵩县一个村子捐助武汉十万斤大葱，那是村民们连续劳作三天的成果，也是那个村能拿出来的最好的东西；内蒙古锡林郭勒盟博之晟运输有限公司将三十多吨蔬菜送到武汉防疫一线，其运输费用达四万多元，但是他们分文不取；华商青海包专机，将筹集的医疗物资从日本运抵武汉，为防疫一线助力……

众志成城，无私奉献，这是我对新冠肺炎防控狙击战一定会赢的判断依据。万众一心，共克时艰，这也是英雄的城市——武汉，在面对这个春天所表现出的可贵姿态。

今天，还有一些春的使者会前往武汉抗疫一线，他们是通辽市首次支援助湖北的医疗队。作为科尔沁草原的儿女，他们有秋的厚道，更有春的温情。

感谢这些爱春之人。

编者按语：疫情突如其来，伊梅和祖国千千万万的人一样，心系武汉，时刻关注着疫情，每一天上升的疫情数字、每一位在一线抗疫的英雄、每一位被感染的患者都牵动着他们的心。这一刻，中国人都在同一个频率上心跳。

在同一个频率上心跳

伊梅　陕西宝鸡　教师

2020年1月24日（除夕）　　星期五　　小雨

大清早起来翻看手机新闻，又看到武汉几十家医院请求支援的消息，我感到十分焦急，赶紧转发。

要不是女儿格格念叨着春晚，我都忘了今天是除夕。我想，自己既然对疫情防控帮不上什么忙，那就乐观一些，起码稳定家里的军心，保证不出问题，不给国家添乱。我决定晚上也和格格一起开心地看春晚。中国人都有在除夕晚上看春晚的情结，看了春晚才觉得是真正过年了，相信今晚的春晚会给正紧张焦虑的中国人带来些许的欢乐和抚慰。

早饭后，我戴上口罩，准备出门去给脚换药。老公陪着我，从出门前他就一遍遍地给我讲外出的注意事项，一出门就开始给我示范，怎样摁电梯，怎样与行人保持距离，等等。到了医院，老公让我站门口，等着里边换药的人离开后，才让我进去。十几年的老夫老妻，生活早已平淡如水，但那一刻，我却有些感动。

一整天在家，干什么都没心思，一直拿着手机翻看关于疫情的各种新闻。其间看到宝鸡新闻，说某个药店在门口给市民送了一千多个口罩，我想起老公给人送口罩的举动，很感动。突然感慨：个人的力量虽然小，但很多人的力量汇聚在一起就是巨大的。

晚上七点多，从朋友圈看到好多朋友晒出自家年夜饭的照片，我的眼睛突然湿润了，这就是我们最最普通的老百姓，无论生活带给我们多少劫难，我们仍然坚韧、乐观，对生活充满热爱。

春晚开始了，临时加入的那个朗诵节目令我非常感动，朗诵者背后大屏幕滚动播出的画面是正在武汉疫区忙碌着的医护们，我的眼泪忍不住流了出来。

突然看到一则新闻，由空军军医大学143名医护人员组成的陕西第一支援鄂医疗队已在夜里23∶44分抵达武汉，他们从接到命令到集结完毕出发只用了不到一天的时间。我的内心又一次被震动，浑身热血翻滚，眼泪再一次不由自主地流了下来。这就是我们的国家，一方有难，八方支援。此刻，所有人一定都和我一样，关注着疫情，牵挂着武汉，担心着被病毒所困的同胞，也被正在逆向而行、驰援武汉的英雄们感动，此时此刻，我们的心跳都在同一个频率上……

起身，走到窗边，虽然外面是黑沉沉的夜，还下着小雨，可是远处万家灯火依然通明，各式各样红彤彤的灯笼预示着新年一定是个好年景……

编者按语： 她是一位老师，丈夫奔赴一线抗疫。而她在敬老院做义工、资助贫苦的孩子上学、决定死后捐献自己的眼角膜。她认为，生命的意义不在于你活了多久，而在于为社会贡献了什么。而她，决定把温暖和爱传递给别人。

好好地活着，深情地爱着

吴海燕　江苏泗阳　教师

2020年2月16日（农历正月二十三）　星期日　阴

当下的中国被新冠肺炎疫情笼罩，让人揪心。大家不知道病毒从何而来，也不知它何时会消失，看到一个个生命突然消失，我陷入了极端的焦虑和痛苦之中。丈夫告诉我工作点突然被封路，看着照片里的他穿着防护服工作在一线，我开始惶恐不安且不知所措。也许是太紧张了，晚上，我居然咳嗽起来，继而感到浑身乏力，恐惧扑面而来，真担心厄运会降临到自己头上，于是吃了点药，蒙着头流着泪，昏昏睡去。

2020年2月17日（农历正月二十四）　　星期一　　阴转晴

清晨，在阵阵鸟鸣中醒来，睡了一觉精神多了，我感觉自己又复活了。看看新闻，刷刷朋友圈，依然是满屏的新冠肺炎疫情。我无法沉默，想起了此刻在远方的亲人，开始流着泪写诗。写了涂，涂了写，仿佛没有词句可以表达内心的热血沸腾。

夜晚来临，我开始整夜失眠。国难当头，匹夫有责！我曾决定在我死后捐出我的眼角膜，并填写了捐赠志愿书；我曾在敬老院做过义工，目睹了被病魔缠身的老人濒临死亡的无奈，也有很多老人因老伴离世，孤身一人住在敬老院。他们孤独无助，眼里看不到阳光，难免埋怨生活。我常常紧握着他们的手倾听、安慰，给他们传递一丝温暖，给予他们我力所能及的短暂陪伴。那段时间，生和死，希望与绝望，喜悦和痛楚不断地在我内心交织，我意识到只要活着，就该努力向前奔跑。

掩面沉思：生命的长短不在于我们拥有多少个白天和黑夜，拥有多少个岁岁年年，而是在于我们在有生之年为这个社会做点什么，能传递一些温暖给他人。

静静的夜晚让我想起曾经捐助过的那个因病复学而坚强的女孩，她留给我的笑容是灿烂的，永远温暖着我。还让我想起了去工厂采访女工的时光，想起了我穿上打皱的浅蓝色工装和她们融为一体，当我和她们一样漂浮在小城边缘的河流中时，我确信自己和他们一样曾经一度也是迷茫的，她们疲倦却坚韧，为了心中的梦想无怨无悔地努力着。我看到了一片蓝色汇成了一片海洋，是那样汹涌澎湃。我知道，在所有乌云的背后，我一直在寻找那瓣久久不散的馨香。

编者按语： 国家有难，匹夫有责。他虽不是抗疫一线的医务工作者，但他发挥自己所长，用歌词为一线的白衣战士呐喊助威，为全国都在抗疫的人们加油、打气。在他看来，帮助他人，是一件很幸福的事。

"加班"

 徐继东　江苏灌云　新闻编辑

2020年1月31日（农历正月初七）　　星期五　　晴

早上7点，我蹑手蹑脚起身，正想悄悄离开，妻子醒了。

"不睡觉，你又干吗去？"平日里一直喊着缺觉的她，认为最近是睡懒觉的好机会。

"加班！"我的回答言简意赅。供职于新闻部门，加班是常态。妻子平常很支持我的工作。

"在这个节骨眼上，别乱窜呀。出门一定要戴口罩哦！"

"知道了！"我连忙出门，把妻子的絮絮叨叨关在门里。

其实，这一次"加班"真的与单位无关。

1月21日晚上，我在新闻里看到一张抗疫"请战书"，一位有15年党龄的主任医师，一句"不计报酬，无论生死！"的誓言，让我内心深受震撼。

基于高度的职业敏感，我深深地意识到这次疫情的严重性，要想速战速决恐怕很难。

1月22日凌晨，一夜辗转难眠的我早早起身，仅用十几分钟的时间，就创作了一首名为《最美的誓言》的歌词，随即在微信朋友圈里发布。

最美的誓言

每当灾难来临，

总会有人挺身而出，

> 每当危险逼近，
> 总是有人舍生取义，
> 你的目光那么坚定，
> 你的脚步从不迟疑，
> 啊！不计报酬，
> 啊！无论生死，
> 再多的付出我们愿意！
> 每当风雨袭来，
> 我们都能众志成城，
> 每当乌云泛起，
> 我们更要同舟共济，
> 你的微笑多么温暖，
> 你的誓言刻骨铭记，
> 啊！巍巍中华，
> 啊！浩然正气，
> 再多的牺牲我们愿意！

我这首歌词，激起了许多音乐人的共鸣。1月22日下午，山东滨江学院的张占春教授就发来了曲谱和试唱。

在此后的几天里，河南的齐朝辉、上海的郭金树、湖南的彭万雄等作曲家，也先后为此词谱曲。现在，这首歌词有多个版本在全国各地传唱，极大地鼓舞了广大医护工作者和社会各界众志成城的抗疫斗志。

为了配合我们当地的防疫宣传，1月25日，我又牵头邀请好友胡云、董璐璐、李怀远等人，为作曲家齐朝辉谱曲的版本录制了音乐电视，发布在优酷和5sing音乐网站上。

1月30日，张占春教授又联手青年歌手孔玉和甘肃的音乐人李虎，精心录制了男女声二重唱的版本。这个版本我非常喜欢。为此，我当即决定邀请同事李亭香加盟，今天我们一起"加班"，为这首歌的二重唱版本再制作一个音乐电视。

常言道，国家有难，匹夫有责。

有钱出钱，有力出力。眼下疫情防控形势如此严峻，作为一名文艺工作者，能为奋战在救治一线的白衣战士呐喊助威，我觉得这是一件很光荣的事情。

感于此，我信手在工作台历上写下一句话：让生命发光，并且照亮别人！

编者按语： 新冠肺炎疫情袭来，全国人民居家不出与病毒对抗。生活节奏因此而慢下来，但政府的各种民生保障并没有慢下来，基层和社区的贴心服务并没有停下来。

疫期隔离，感谢有你

流水　陕西西安　作家

2020年2月9日（农历正月十六）　　星期日　　晴

今天是我们夫妇宅在家里的第八天。听说小区被封了，所有人不能出门，更不能下楼，可是家里什么菜也没有了，正在着急不知如何是好时接到了物业的电话。

"业主您好，咱们小区发现了新冠肺炎确诊病例，从昨天开始整个小区封禁，请您安心在家，不能外出，有任何需要请打物业电话。从昨天开始，政府给小区每家发放蔬菜，昨天你们有收到汤圆、饺子吗？"

"没有啊！昨天一整天很安静，没有人敲门。"我说。

"可能是漏掉了，今天下午还发放，一会儿给你们送去，请您在家安心等着！"说完电话挂掉了。

此时，我们还有点儿小小的激动。丈夫眼睛看不见，我整日坐轮椅，自从疫情严重后，我们已经好多天没有与外界来往了，一直在孤独和茫然中度日，刚才还在为菜篮子空了发愁，现在好了，不用愁了。

"我就说，焦虑没有用，问题都会解决的，你看现在解决了吧！"丈夫得意又骄傲地说。

我们安静地坐在阳光里，对着飘窗上的花草会心地笑了。

下午4点多钟的时候，物业人员把两大包蔬菜、2斤面粉和2斤菜油送到我家门外。为避免入户传染，他们只敲了一下门就走了。我们隔着门说了声："谢谢！"

这句"谢谢"不单单是因为收到免费的蔬菜和粮油，更多的是对国家和政府的感谢，吃水不忘挖井人，中国人永远懂得感恩。

自疫情严重以来，物业工作人员一直加班，现在又承担起给被封的住户送蔬菜和粮食的任务。一个拉车上面堆满食物，从1楼送到34楼，然后搬运传送，实在辛苦。因为疫情，他们把东西放在门口敲一下门就走；因为疫情，我们只能隔门道声感谢；因为疫情，他们忙起来顾不上吃饭，顾不上休息。正是因为他们坚守岗位，才保证了我们有序的生活，我真想当面对他们说声：谢谢你们，你们辛苦了！

编者按语： 危难关头，人与人分工有不同，但职责和使命并无不同。一名普通的邮政配送员在用行动践行者她的责任与担当，诠释着普通人的奉献与追求，她用自己平凡的工作丈量着不平凡的每一天。

平凡中的伟大

凡夫　湖北襄阳　作家

2020年1月26日（农历正月初二）　　星期日　　中雨

新冠肺炎疫情来势汹汹，一夜之间，把春节喜庆的气氛横扫一空，随之而来的是不安、焦燥，甚至还有少许恐惧。

正月初二，按照传统习俗，本来是拜丈母娘的日子。今年，这一习俗被疫情无情中止。为了防止新冠肺炎疫情蔓延，武汉封了城，市内的所有交通工具都停止运行，人们被要求待在家里。襄阳虽然没有宣布封城，但也跟封城差不多，公交停运，交通要道和小区门口增设了值班人员，政府通过微信发布公告，要求人们不要出门。原本热闹的大院，顿时变得一片寂静：汽车声没有了，脚步声没有了，说话声没有了，孩子的吵闹声没有了，清晨小鸟的啼鸣声没有了，就连平时爱叫的狗也一声不吭了。整座襄阳城仿佛成了一座空城。人们都知道，这是在进行一场无声的战斗哩。人们待在家里，这是另一种和疫病斗争的方式。

哪里也去不了，一家人只好老老实实地窝在家里，手机上全是关于新冠肺炎疫情的各种消息。病毒像幽灵，无影无踪，无声无形，你不知道它会在哪一刻突然钻入你的体内，把你击倒。因此，大家都互相提醒着：不要出门，千万不要出门，蛰伏是最安全的选择。然而，还是有"意外"出现。

下午4点30分许，电话铃声响起，我接通电话，里面传来一个平静的声音："领导，您的快递到了，是我送上去，还是您下来取？"我怎么也没有料到，在这样一个人人感到自危的时刻，竟还有人在坚持送快递，我快步下楼。楼梯口站着一位瘦小的女子，穿一身邮政绿，头戴一顶国旗红的安全盔，一个大口罩几乎遮掩了整张脸，只露出一双清澈的眼睛。她站在同样是邮政绿的专用电动车前，用双手把快件递给我说道："领导，祝您平安！"我接过快件，鼻子有点酸，赶紧连声说道："辛苦您了！辛苦您了！"她朴实地笑笑说："这是我们应该做的！"说罢，骑上电动车，钻进蒙蒙雨雾中。

望着她渐渐消失的身影，我忽然想起一句话：伟大并非都是惊天动地，有时，它恰巧寓于平凡之中！

打开快件，是我订购的连环画。连环画中刚好有一本《为了六十一个阶级兄弟》。60年前，也是春节刚过，山西省平陆县有61名民工集体食物中毒。为了抢救这61名阶级兄弟的生命，从党中央、国务院，到多个部门，克服各种困难，千里接力，将药品及时空投到事发地点，61名民工兄弟全部得救。眼下，新冠肺炎疫情肆虐，我们的国家正面临一场大考，但我们完全相信，最后的胜利必定属于中国人民！

编者按语： 在城市、社区、乡村，所有人正紧紧团结起来，用智慧、责任、热情、信心和干劲儿密密织起一张联防联控阻击疫情的大网。本文作者及其身边的亲人都在抗疫期间坚守着自己的工作岗位，为抗疫贡献自己的力量。当每个人都行动起来，自觉参与到疫情防控阻击战中，我们定能很快战胜疫情。

人人参与战"疫"，我们一定能赢

♥ 小河行走　山东潍坊　教师

2020年1月23日（农历腊月二十九）　　星期四　　晴转多云

年味浓浓。

我从县城回偏远的山区老家过年，按照习俗给逝去的亲人上坟。半路上，遇到了从墓地回来的堂哥。我二人虽同居一城，一年到头却各忙各的，彼此联系不多，见了面便觉得格外亲切，刚寒暄了两句，堂哥便神色匆匆地说："我还要上班，先走了。"他是镇政府的包村干部，整天风里来雨里去，事多且繁杂，这我知道。但再忙，多说两句话也耽误不了什么啊。我说："别走呀，什么事啊，顶多不就是值个班吗？好像有一万件事等着你似的。"堂哥笑了，说："不是值班，是上班。也没有一万件事，就只有一件事。"我更摸不着头脑，问："什么意思呢？"这时堂哥已走出好几步了，他回过头严肃地说："现在新冠肺炎情况不容乐观，县里已发出通知，政府人员春节期间一律不放假，加强各类人员信息排查，严控病毒传播……对了，告诉亲戚朋友尽量不要外出。"

我在网上看到过新冠肺炎，第一感觉是，武汉距离我们这儿远着呢，两千里之外的事。就像射箭，力量再大，飞过无数山水，箭到这儿也早没有了劲头。有什么值得紧张呢？

回家后，我打开手机求助"度娘"。不看不知道，一看吓一跳：除湖北外，全国２５个省（自治区、直辖市）已有确诊病例将近６００例……病毒气势汹汹袭来，县里因此取消了回乡博士座谈会等好几个大型活动，各级政府和相关部门已积极备战疫情防控。而我，还趁着放寒假的日子，迷迷瞪瞪，傻乎乎地穿大街、走小巷，没有一点戒心。

小城处处焕然一新、张灯结彩，人们手提大包小包，他们大概还不知道这种新型冠状病毒引发的肺炎有多可怕。

2020年1月24日（除夕）　　星期五　　晴

放假在家有大把的时间，我把眼睛黏在手机上，不住地刷屏，不是抢拜年红包，而是关注有关新冠肺炎的信息。武汉封城了！可见这次疫情绝不是我们一开始想象的那么平常，绝不像一场小感冒那样轻轻松松就能治好，更不是简简单单就能防控的。

鞭炮声里，拜年的微信和短信还是一如既往得热闹纷繁。这里面，我看到了堂哥的微信：今年不拜年，不走亲戚不串门，在家好好待着就是为国家做贡献。这是堂哥向我们一众兄弟发出的"指令"。往年，堂哥作为家族里同辈人中的老大，都要组织带领我们一起给长辈拜年。今年情况不同，我对表哥的建议立刻表示百分之百的理解和支持。关于新型冠状病毒的信息，早已植根在我脑海里，并迅速长成一棵树，每一片叶子都在响应着国家和政府的号召，每一片叶子都在为抗击疫情的英雄点赞。

2020年1月25日（农历正月初一）　　星期六　　多云转晴

街巷里没有一个人。往年的欢声笑语、喜气洋洋被寂静取代。偶尔炸响的鞭炮将冷清传递到远方。不过，冷清中却透着一种强大的力量，折射出政府的公信力、群众的觉悟、人心的齐整。

没有拜年的人，院子里、屋子里也就没有你来我往的热闹。我陪母亲看春晚的重播。母亲站起来又坐下，坐下又站起来，几番下来，她终于忍不住，提出想去几个老姐妹那里转转，还强调说，就去两家。我极力劝她，不能出去，待在家里最好，待在家里就是不给自己添麻烦，不给国家添麻烦……

正说着，她最要好的两个老姐妹来了，两人一个八十三岁，一个七十五岁，身子骨都硬朗。她们一来，母亲特别高兴，摆上瓜子糖果，三人一人一个沙发，开聊，一看就是摆龙门阵的架势，这样滔滔不绝说起来，还不知说到猴年马月呢。

我赶忙劝说："大娘，您听说过这次新冠肺炎疫情吗？"八十三岁的大娘点点头说："我儿子也不让我出来。可我觉得一年到头不见你娘了，不过来看看，怎能说得过去呢。"这位大娘常年在邻县带孙子，前几天刚回到村里，非要见一下母亲，于是冲破家里重重阻力过来了。另一位七十五岁的大娘说："我听说这个病不传染老人。"母亲接过话茬说："说反了，电视上说最

容易传染老人,因为老骨头经不起了,这病专捡软柿子捏哩。"说完三个老人都笑起来。我说:"儿女们都是为你们好,你们老人家懂得少,那就多听听子女的。这病传染快,还有潜伏期,症状又和普通感冒区别不大,等一旦确诊就麻烦了……"我见三个老人听得认真,就把从网络上、电视上了解到的信息统统"倒"出来,向她们科普了一通,还特别给她们强调说:"咳嗽、打喷嚏都会造成传染。说话也会造成传染,因为病毒就附着在飞沫上。说不定一传染就是一家人啊。所以,尽量别出门。"母亲听出我话里有话,怕寒了两位老人的热心,就打圆场说:"孩子可不是撵你们啊。不过,咱不感冒不发烧,不乱走动,也是替孩子们着想。"两位大娘站起来说:"对,对,年轻人知道得多,说得有道理,我们得听他们的。"两位大娘在我家前后没待10分钟,尽管意犹未尽,但还是痛快地离开了……

晚上,看《新闻联播》:党中央成立应对疫情工作领导小组,在中央政治局常务委员会领导下开展工作。党中央向湖北等疫情严重地区派出指导组,推动有关地方全面加强防控一线工作。

除夕夜,陆海空三军军医大学医疗队紧急出征支援武汉。

广东、浙江、四川、山东等地的医疗队陆续驰援武汉……

全国上下,万众一心,众志成城的疫情防控阻击战打响了。

2020年1月26日(农历正月初二)　　星期日　　多云转阴

天阴欲雪。我开车准备回工作的小县城。

在村口,我看到村支书和几名村干部戴着口罩站在那里。路被两道红绳子拦住,两把椅子、一张孩子用过的书桌、一块写有"走亲访友劝返点"的硬纸板格外醒目。

村支书对我说:"你这一走,十天半月别回村了。"我点头道:"明白,支持。"

其实,妻子正月初一就开始上班了。她所在的企业正加班加点生产口罩,以保证一线医护人员的需要。

还有我的堂哥，他是我们镇上的包村干部，疫情暴发以来，他一直和社区干部一起，开启火眼金睛模式，严防死守，认真排查。

这一天，我接到单位上班通知，我也准备上紧发条，投入到疫情防控阻击战中。

2020年1月27日（农历正月初三）　　　星期一　　阴转多云

母亲打来电话，说我的堂姐去世了。

堂姐和我同龄，勤劳能干，去年十一月，突发脑干出血入院，苦熬了几个月，终还是去了。斯人已逝，音容犹存。回想起一幕幕的往事，悲从中来。我突然有种冲动，想回老家送堂姐最后一程。母亲却坚定地说，"别回来了，特殊时期，村里有要求，当天就火化了……"

我想起昨天回城时村支书让我十天半月别回村。当时我有过承诺：不回去，不给村里的老少爷们添麻烦。今年情况特殊，不能去见堂姐最后一面，若她在天有灵，一定能理解我。

来自祖国各地的一支支医疗队奋战在阻击疫情的最前沿，一笔笔捐助承载着各地人民的善心汇聚疫情最严重的武汉，一车车来自四面八方的医疗物资正飞驶在驰援的路上，仅用10天建成的3万多平方米的火神山医院开始收治患者……

忘不了医护人员那一张张目光坚毅的脸庞，忘不了美丽的脸庞上那被口罩勒出伤痕，忘不了他们为了节约防护服，十多个小时不吃不喝不上厕所……这些勇于担当、不怕牺牲的逆行者，这些让鲜红党旗在抗疫一线高高飘扬的擎旗手，正在中华大地上抒写着中国信心、中国力量。

在城市、在社区、在乡村，党员干部和人民群众正紧紧团结起来，用智慧、责任、热情、信心、干劲，千方百计，群策群力，密密织缀起一张联防联控阻击疫情的大网。

当每个人都行动起来，当每个人都自觉参与到疫情防控阻击战中，产生的力量必定不可限量。

战"疫"仍在持续，我坚信我们一定能赢！

编者按语： 沙占春曾是一名军人，他把十八年的青春年华都奉献给了武汉这座城市。尽管早已不再身着戎装，但他的胸中依然激荡着军人为国家披肝沥胆的豪情。作为单位的办公室主任，抗疫期间，繁杂的公务就是他枕戈待旦、策马拼杀的疆场。

待明日，喜报频传

 沙占春　吉林长春　规划和自然资源局工作人员

2020年2月3日（农历正月初十）　　星期一　　晴

上班了，终于上班了！

虽然单位实行了居家工作制，但我的岗位决定我不能居家办公。作为办公室主任，我就像单位的"大管家"，即便因疫情宅在家里也总惦记单位的事，还不如在单位上班心安。

这个春节长假过得着实揪心，每天都被新冠肺炎疫情搅扰得心绪难宁，时不时在手机查看一下感染人数的变化，或者打开电视了解一下各地的战"疫"动态。每个数字都像一根钢针，扎得我的心在淌血，可我又不能不看⋯⋯

湖北武汉是我的第二故乡，我在那里守护过长江大桥，守卫过省委省政府大院，也曾执行过反恐任务。十八年的军旅生涯，十八年的青春年华都奉献给了那座素有"九省通衢"之称的江城，我是何等幸运，何等幸福！如今，武汉正遭受病毒的侵扰，我曾流血流汗保护的亲人们正经历着病痛的折磨，甚至因此离去，我简直心如刀绞！我真想为他们做些什么，可我又能做些什么呢？

今天早上的一条新闻让我激动不已：吉林省派出的118名医务工作者已于大年初六飞赴武汉参加抗击疫情的战斗。我为他们的壮举点赞。武汉太需要这些迎难而上的勇士了。我想在我看到这一消息时，他们已经穿戴好全套的防护装备冲上了不见硝烟的战场。他们也都为人儿女，为人父母，但他们舍小家顾大家，在病毒肆虐的关头冲上前线，他们是真的英雄！

我不是医生，不能执刃反击病毒。可抗击疫情，我真的就束手无策了吗？我心有不甘。我曾是一名战士，虽然如今不再身着戎装，但我的胸中依然激荡着军人为国家披肝沥胆的豪情，繁杂的公务就是我枕戈待旦、策马拼杀的疆场。立足现实，我一定也会有所作为。

今天是春节长假后的第一个工作日，有好多的工作需要安排和落实，而首要的是为办公区域消毒杀菌。不到七点，我和处里的几个小兄弟就到单位了，逐个给办公室和重点区域喷洒了消毒液。闻着满楼的消毒水味儿，我心安了许多。随后我们又在大楼门口设置了体温检测台，用笑容和手里的测温仪真诚欢迎每一位走进楼里的同事。

忙碌的一天很快就过去了。回家的路上，听着收音机里播放的前方战"疫"的新闻，我的心又揪在了一起。

但愿明早醒来，会有喜报传来。我也相信英雄会在不久以后的某一天平安凯旋，那时的东北大地一定花红柳绿、姹紫嫣红，我要手捧鲜花去迎接他们。

编者按语： 一场疫情让有情人分隔两地，他们或隔空拥抱，或隔门亲吻，或无法牵手，甚至无法见面，但他们都确信：冬尽春来，疫情消散之时，彼此能在春华烂漫中相聚。

等到疫情结束，我们结婚吧

♥ 二月姑娘　湖南永州　教师

2020年2月14日（农历正月二十一）　　星期五　　晴

2020年注定是一个与爱情有关的年份，因为它谐音是"爱你爱你"。2020年2月2日是一个幸福的日子，无数有情人憧憬着这一天能和爱人一起走进民政局，拿到那个红色的象征幸福的"承诺书"。然而，这一天民政局因疫情休假。

时间如指间流过的沙，离别时想握却握不住。现在恰恰相反，只想让它快点流走，赶紧到2月14日（情人节）。终于，这一天到了。本是"金风玉露一相逢，便胜却人间无数"的两情相悦，却因疫情成了"一种相思，两处相思"的寂寥情思。对我来说，也是如此。

满怀欣喜地想去和八月先生约会，最后发现不过是一场空想。八月先生安慰我说："和对的人在一起，每天都是情人节。"

谁说不是呢？和对的人在一起，每天都是情人节。无论彼此身处何方，心在一起，足矣！八月先生还告诉我，我们已经很幸福了。随后，他推送了一篇题为《这10个普通人的爱情故事，看哭了》的文章给我。这篇来自央视新闻公众号的普通爱情故事，深深地感动了我。

"赵英明，平安回来。你平安回来，我保证，保证把一年的家务全做了！"这是一位丈夫的呐喊声，因为妻子要前往武汉进行救援。

世间情话万千，终归要回归柴米油盐酱醋茶。世间情话万千，这一句格外打动人心。只要你平安归来，我什么都愿意为你做。

"执手相看泪眼，竟无语凝噎"。来自浙江的护士陈颖终于在工作11天后见到了挚爱的男友。不能给彼此一个大大的拥抱，那就隔着这玻璃亲吻。他对她说："等疫情结束，等春暖花开，我们结婚吧！"

"身无彩凤双飞翼，心有灵犀一点通。"确认过眼神，你就是我爱的那个人。

浙江一医院的隔离病房内，两人在走廊相遇，厚厚的防护服、口罩、护目镜，这些都没能阻碍他们认出自己的爱人，相互碰一下手肘，数日的辛苦、疲累在那一刻散了不少。

这样的故事太多太多了，数也数不清……读完时已经泪流满面，除了感动，还有幸福！因为我和故事中的人一样幸运，遇到了对的那个人。

当疫情到来时，我真的很害怕、很恐惧。是八月先生让我感到安心、温暖，就像一个个故事里的男友、丈夫一样。

春天一定会到来，所有的美好都会如约而至。到那时，你爱的人一定会奔向你，拥抱你。

等到疫情结束，我们结婚吧！

编者按语： 每一场特殊的战斗，都需要一批英勇的战士。姜国生不仅是一名发热门诊的医生，也是一名党员，更是一名抗击疫情的医务工作者。他履职担当，以无畏的精神带头抗疫，用实际行动践行医者的初心和使命。

不忘医者初心，牢记医者使命

❤ 姜国生　山东宁津　医生

2020年1月24日（除夕）　星期五　晴

昨天至今天，紧张而忙碌。

昨天上午，我在呼吸内科门诊接诊了52名患者，忙到了下午1点钟，匆匆吃了几口饭菜，又赶回医院发热门诊继续工作。下午5点多钟，门诊患者都已全部看完，我正收拾诊室准备下班，电话铃声突然响起。预检分诊处告知，有一名发热伴咳嗽的武汉返乡人员马上来诊。我立即穿好防护服，按二级防护要求武装好，准备接诊。患者为男性，29岁，7天前在武汉出现咳嗽症状，未就诊，5天前回宁津，2天前出现发热症状。通过简单地询问了解病史，我安排患者做了血常规、胸部CT检查，检查结果提示肺部炎性病变。我立即和患者沟通，要求他留院观察，同时联系病房安排床位，第一时间向分管院长做了汇报。我院立即启动了新型冠状病毒感染防控救治紧急预案，正式拉开了新冠肺炎防控战役的序幕。

患者留观后，经我院专家组会诊，认定患者不能排除新型冠状病毒肺炎感染，我立即联系县疾控中心来我院进行流行病学调查，并做了网络直报。通过县疾控中心积极联系德州市疾控中心，确定当晚采集鼻、咽拭子、血标本，进行新型冠状病毒核酸检测后，时间已近子夜。

采集鼻、咽拭子是医护人员最容易感染病毒的诊疗操作。我在心里把操作的具体要求默默念叨了几遍，准备用具，穿防护服、戴防护面罩、手套，一切准备就绪后，为患者采集了鼻、咽拭子。同时，为了尽量减少护理人员与患者直接接触的机会，我还为患者采集了静脉血标本，并将

血标本送到检验科，指导检验科值班人员在有效防护下进行了离心分离。待标本交接完毕，天已经快亮了。

疫情就是命令，防控就是责任。我是我院感染科唯一的一名共产党员，是一名从事传染病临床工作多年的老大夫，也是科室的带头人。此时此刻，就应该有责任和担当，就应该面对危险，冲锋在前！关键时刻，我不上，谁上！

2020年1月27日（农历正月初三）　　　星期一　　多云

今天上午，医院隔离病房的患者病情趋于稳定，与其密切接触者也在持续观察中，核酸检测正常。

然而，一盆冷水从头浇下。又有一名从武汉归来的疑似新冠肺炎患者住院后，其咽拭子核酸检测结果为阳性。该患者为34岁男性，在武汉工作，1月19日返回宁津县，今日出现发热症状，他被确诊为宁津县第一例输入性新冠肺炎确诊病例，紧张的气氛顿时弥漫在科室里。作为医院救治新冠肺炎主力科室的负责人，我和王凤俊副主任、护士长杨淑芳带领全科14名医务人员立即投入新冠肺炎救治工作中。

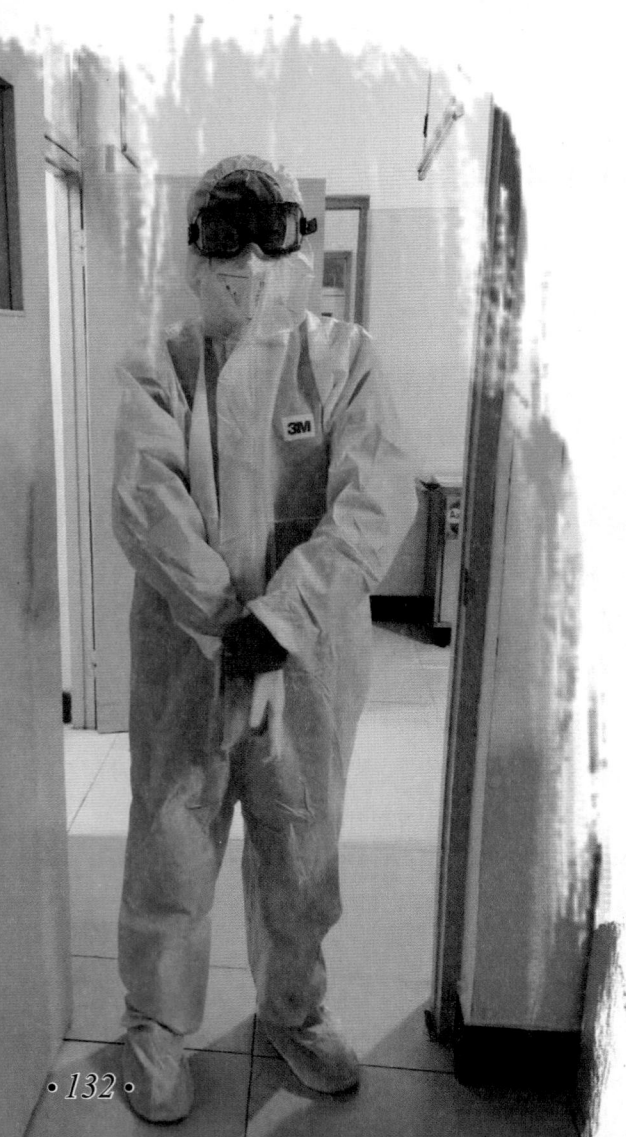

我去查房的时候，发现患者的饭菜放在一旁没有吃。经过简单地沟通才明白，他因为确诊了，思想压力很大，内心忧烦，不想吃饭。我告诉他："人是铁饭是钢，饮食一定要跟上，只有增强抵抗力，才能恢复得更快。"他点点头，很配合地吃了饭，我心里才松了一口气。我安慰他说："要积极配合我们治疗，相信我们，一切都会好起来的。"患者冲我竖了竖大拇指，肯定地点了点头。

接近凌晨的时候，我疲惫地躺在床上，在手机上查看新冠肺炎最新的诊疗方案和全国的疫情情况。"谁无暴风劲雨时，守得云开见月明！"我坚信，战胜病毒的那天，离我们越来越近了！

编者按语： 疫情就是命令，防控就是责任。他们是基层党员干部，在防控一线发挥党员"硬核"力，用责任和担当争做抗疫战士，守护人民群众的生命安全。

一枚党徽就是一份责任，一名党员就是一面旗帜

 焦荣煜　陕西洛南　四皓街道工作委员会书记

2020年1月23日（农历腊月二十九）　　星期四　　小雪

陕西启动重大突发公共卫生事件一级响应，商洛启动公共卫生一级响应……洛南县四皓街道党工委、办事处迅速落实县委县政府决策部署，成立专班、组建队伍、开展摸排、设点布卡、细化举措等工作在有条不紊地推进。生命重于泰山。疫情就是命令，防控就是责任。作为基层党组织的书记，这份责任更是沉甸甸的。要群防群控、严防严控，我们要全身心投入到这场没有硝烟的阻击战中。

成立临时党委2个，设立出境检查点2个，宣传劝导点12个，成立业务专班8个，组建33个临时党支部。三类人员摸排160户211人，其中武汉返乡32户45人、湖北返乡33户39人、途经湖北返乡95户127人。落实居家隔离举措、组建关爱团队，一刻也不能放松。

· 133 ·

营房县境检查点上,卫生员的白色制服显得格外醒目。"您好,请配合检查登记""送您一张特殊的新年贺卡:不聚集、少出门、带口罩,平安过年""谢谢,您们辛苦啦!"几近拂晓,也许这是最后来客。看着他们简陋的装束和疲惫的身影,不由得让我心酸,"小雷,来,给你泡桶方便面,暖和一下。"几个人围着"小太阳"等着热火的方便面,除了瑟瑟的寒风,再无其他。雪似乎更大了,望着外面飘扬的党旗,再看看他们胸前亮灿灿的党徽,夜似乎不再那么寒冷。

中国战"疫"正进入关键期,这个"非常春节"牵动着全球的目光。中国能否有效应对疫情?答案和信心或许就在这一项项具体措施的落地执行中。

愿山河无恙,人间皆安!

2020年1月26日(农历正月初二)　　星期日　　晴

"王支书,疫情防控形势严峻,你看社区有啥我能帮忙的,我明天就能上岗。国家有难,这时候我们党员不站出来,谁能站出来?"今天下午,现年74岁的赵世尉是洛南县四皓街道代塬社区党员,看到疫情严重的态势后,立即给支部书记王浩杰打了这一通电话。赵世尉和村上其他党员干部一起,担任社区疫情防控的宣传员、信息排查员、检查点信息登记员,防疫一线处处留下了他们忙前忙后的身影。

一个支部就是一座堡垒。面对突如其来的疫情,四皓街道各级党组织和广大党员积极发挥基层党组织的战斗堡垒作用和党员先锋模范作用,奋战在防疫第一线,把初心真践行,把使命勇担当。党员赵世尉只是奋战在抗疫一线工作人员的一个缩影。正是这些无名的英雄,用自己的血肉之躯,筑起了社区防疫的"第一线"。

一枚党徽就是一份责任,一名党员就是一面旗帜。

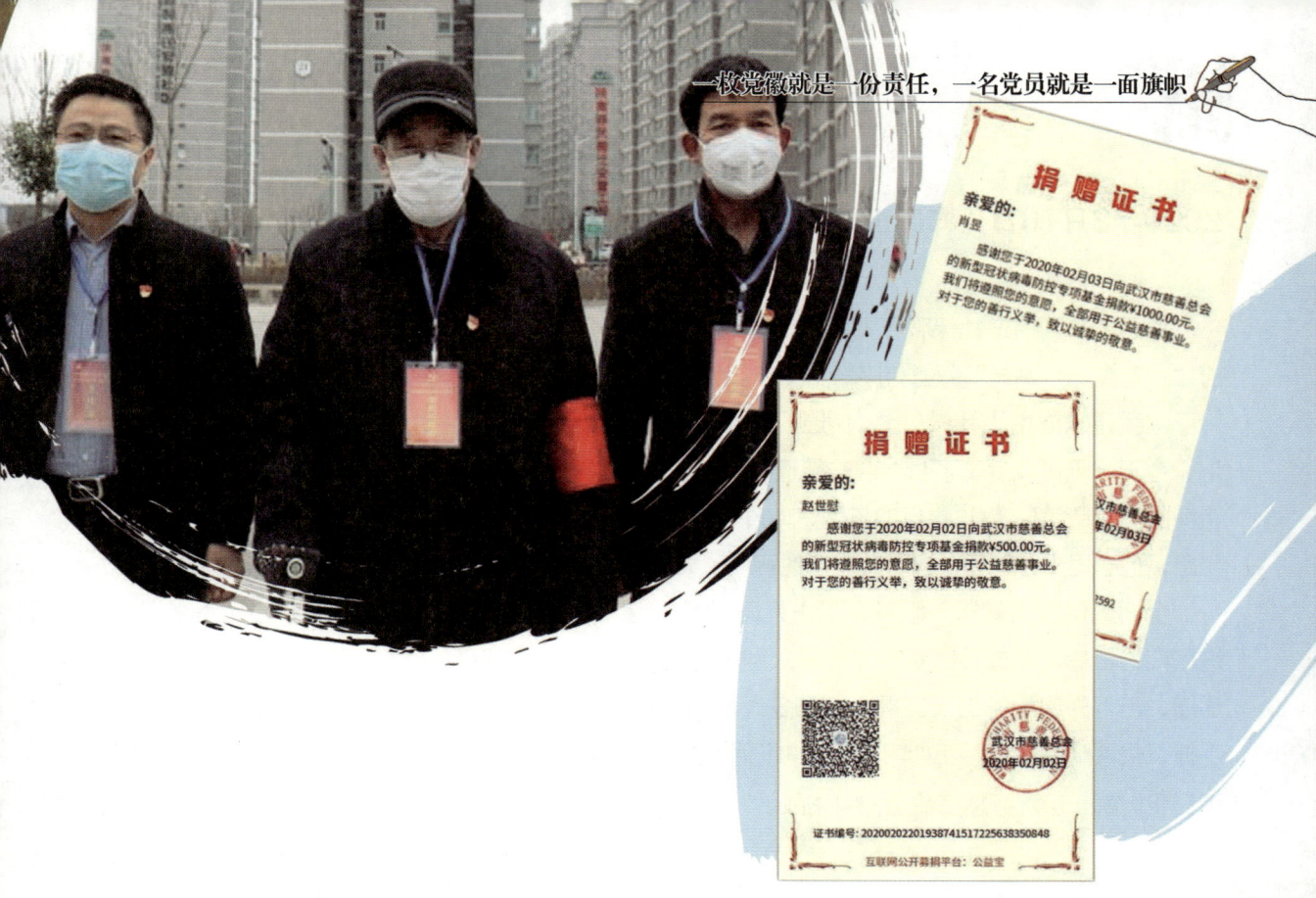

2020年1月27日（农历正月初三）　　　星期一　　阴

洛南县四皓街道阳光庭院小区门口，党员干部、"红色代办员"李建军给602住户把一袋子新鲜的芹菜、豆角从门缝塞了进去。此时，他随身携带的"移动喇叭"还不时高声播放着全县最新的防控注意事项。

"我们红色代办员及时了解隔离群众生活需求，为其购买水果、蔬菜等日常生活用品。做到隔人不隔心，隔人不断情。"李建军践行着疫情防控的党员责任。今年已82岁的高志明是县纪委的一名退休干部，住在阳光庭院小区，看到小区党支部在微信群里号召党员到物业报到，早上第一个来到小区党支部报到，他说："虽然我年龄大，但身体还很好，每天从电视上学政策，我报到认领政策宣传岗！"

看见工作动态微信群一串串消息，我的心头不由得兴叹祖国的伟大、党组织的坚强和人民的力量。哪里有疫情、有群众，哪里就有党组织坚强有力的领导，在全县村（社区）防疫一线，机关干部下沉、在职党员报到，成立临时党支部，依托建立的"群众呼叫、党员报到"工作机制，把来自各方的党员队伍组织起来，1800余名党员干部佩戴党徽和红袖章进小区、入社区报到，充实到小区的防控力量之中。一面面党旗迎风飘扬，一名又一名党员干部用他们的身躯和信念筑起一道道坚不可破的红色防线。

2020年2月16日（农历正月二十三）　　星期日　　阴

早晨，来到街道社保服务大厅，李站长正在向前来咨询劳务信息的几个年轻人介绍县委县政府"点对点、一站式"劳务有序输出工作。

"我是从洛南人社微信公众号上了解到务工信息和发送专列的消息，我通过扫码进行了登记，今天终于可以返工了！"四皓街道南沟社区的付文明抑制不住内心的兴奋。付文明说，他在上海的一家造船厂工作，1月23日回洛南过春节，按正常2月3日就要复工，但是疫情阻断了他的复工路，他心里十分着急，这下政府帮他解决了大难题。

全面提供"一站式"服务，工作人员下沉一线，实现务工人员出家门、上车门、下车门、进厂门的目标。通过县级劳务大数据，我办累计登记务工人员信息1.1万人，通过农民工外出绿色通道，自驾外出的务工人员累计2000多人，乘坐专车专列的务工人员达200多人。防疫与复工两手抓，化两难为双赢，正如习近平总书记所说："只要坚定信心、同舟共济、科学防治、精准施策，我们就一定能打赢疫情防控阻击战。"

编者按语： 疫情防控，严字当头。社区是城市治理的基本单元，也是疫情防控的前沿阵地，更是疫情防控的基础环节，容不得一点儿马虎。

一丝不苟，做好社区疫情防控

陈凤华　吉林长春　文员

2020年2月13日（农历正月二十）　星期四　阴

已经不去细数这是宅在家第几天了。

睁开眼睛便拿起手机，实在无所事事，微信便是最好的寄托。随便翻看朋友圈，看到同学老栗为这次疫情当了志愿者。我一下子来了兴趣，与她聊起志愿者的诸多话题。

老栗是我初中的同学，目前是敦化市一所私立幼儿园园长，她精力充沛，比我有激情、有爱心。敦化市每次活动需要志愿者，她都会报名参与。当然，这次的任务是最艰苦的一次。

她告诉我，2月5日她在朋友圈看到招募志愿者的消息后，没有考虑就直接报了名。她被派到民主街道中心社区农电局家属楼进行社区防控工作。这是一个老楼盘，原本的农电家属都已搬迁，现居住在这里的都是外来户，老年人居多。这次疫情来临，社区全面封闭，老栗被派到了这个没有物业管理的小区。

2月的敦化，室外温度很低，老栗穿着两件黑色的羽绒服，原本肥硕的身子，加上两件羽绒服，变得更加臃肿。按规定，这个小区的住户，每天每户只能一人外出购物，并且需要登记身份证信息才能出入，但这个小区的一些住户不理解社区的规定。遇见这些人，老栗的工作难度很大。

就在她上班的第一天早上，就有一个老太太要带着小外孙去小区外面溜达。老栗不让她们出去，两人为此还掰扯了起来。老栗说："你要是出去买菜，就把孩子留下来。我在这儿给你看着，你不能让孩子出去，太危险了！"老太太不理解，但最终拗不过老栗，只好把孩子留下来，自己骂骂咧咧地出去了。但当老太太买完水果回来后，居然像换了一个人，一直感谢老栗。因为她出去后才知道外面的疫情防控形势有多么严峻。类似这样的事情，老栗几乎每天都能碰到，但她始终苦口婆心地对这些不了解情况的住户加以劝阻。

社区防疫是疫情防控的基础环节，人少任务重，社区工作人员常常就着西北风嚼面包，但他们对这个"临时"的工作却没有丝毫懈怠，因为他们知道防疫就是战"疫"最好的方式。

编者按语： 今年伊始，新冠肺炎来袭，全国人民从开始的震惊、恐惧，到今天都能乐观地期待最终的抗疫胜利。因为我们知道，再多的阴霾，终将有散去的那一天，让我们共同期待吧！

挥去阴霾，满怀希望

徐璐怡　江西萍乡　自由职业者

2020年2月9日（农历正月十六）　星期日　晴

截至今日，疫情已经持续了半个多月。原本热闹的小区，现在空无一人，没有了昔日老人们锻炼的身影，也没有了步履匆匆的上班族。慵懒的小区，好似一个在睡懒觉的姑娘，天亮了，翻了个身又继续沉睡了。

往日熙熙攘攘的街道已无人烟，车水马龙的十字路口也安静了下来。冬日萧瑟的阳光，映在一家家关了门的商铺前；呼啸的寒风，好像在宣告它已经彻底胜利地占领了这座城市。

寂静的街道巷口，只有一家包子铺还在营业，热气腾腾的景象，好像另一个世界。

我好奇地问老板："人这么少，您每天有生意吗？"

老板笑了笑："生意很好，每天都能卖完，但是明天我也打算关门了。"

我点了点头，没有继续问下去，拿上我买的包子就匆匆回家了，不敢在外面停留太久。

从疫情开始到现在，我相信大多数人的体会和我一样，从震惊到恐惧，最后开始乐观地等待好消息，心里默默地为武汉加油，为中国加油。后人提起，也只会淡淡提起："己亥末，庚子春；荆楚大疫，染病数万计；众惶恐，举国防，皆闭户，街无车舟；万巷空寂，数月矣。"

有的人在生存，有的人在生活。即使再难，也总有人在坚持；即使寂静，也总有热闹的声音；即使到了末日，我们仍然要满怀希望！

编者按语：孩子的愿望朴实无华，他希望全国人民都重视这次疫情，做好防护；祈祷疫情赶紧结束，期待春天早日到来。

阴霾早些散去，春天早日到来

徐和颐　北京　小学生

2020年1月23日（农历腊月二十九）　星期四　晴

今年春节我们家要在高安过。刚到高安时，我还对"疫情"这个词一无所知，也就大致知道2003年非典的事，因为爸爸那时候正在北京上大学。他还给我看过他当时写的《这里的春天阳光明媚——北京大学生非典时期的非常生活》，所以多少还有些印象。尽管如此，我对现在发生的疫情知道的依然不多，也就毫不在意了。

不过，就在今天，我不断听到"武汉""疫情""病毒""口罩"这类的词，而且爸爸宣布本月26日我们就要回北京。这令我非常意外，假期还长着呢，难得一家人团聚，怎么说回就要回了呢？原本，我还盘算着过完年了要再回江西老家玩一个星期呢，可是现在只好提前结束盼望已久的假期了。

2020年1月26日（农历正月初二）　　星期日　　小雪

　　一大早，二伯特意在小区物业办帮我们领了几个一次性的白色口罩，大伯也给爸爸拿了三个医用的那种蓝色口罩，说是路上用得着。二伯和奶奶把我们一直送到火车站。火车站里一张张陌生的面孔都被口罩遮得严严实实，只有极个别的老人没有戴。高铁"嗖嗖"地开来了，车门一开，人们都行色匆匆地挤上车厢。车门旁，乘务员脸上常见的甜甜的、亲切的笑容也被那蓝色的医用口罩盖住了。

　　就这样，我踏上了回北京的旅程。在高铁上，人们除了吃饭和喝水，一直戴着口罩。晚上九点多到达了北京西站。我们坐地铁回家，从来都是人满为患的地铁车厢里除了从火车上下来的人们，竟没有其他乘客，往日人挤人的地铁，现在却只有寥寥几个"返京族"。我们下地铁后，穿过南锣鼓巷走路回家，往日人头攒动、热闹非凡的南锣鼓巷也是门可罗雀，冷冷清清。

　　回到家，我陷入了沉思……

　　当我们坐在电视机前高高兴兴地观看春晚时，全国各地的医院里不知有多少新型冠状病毒感染者在和死神作斗争；当我们和家人一起吃除夕团圆饭时，不知道有多少医生家庭的孩子们只能和爷爷奶奶、外公外婆在一起吃年夜饭；当我们在开心地收着长辈们给的新年压岁钱红包时，何曾想起那些正在这次疫情中奋战在一线的医生、护士、病人和工人们，他们也有孩子……

　　每每打开电视，看到那一组组惊人的数字，我都不禁默默祈祷：希望全中国人都重视这次疫情，做好防护；希望病毒不要再扩散下去；希望阴霾早些散去，春天早日到来……

编者按语： 进村宣传、逐户摸排是我们基层干部的责任，记录来往的每一辆车辆的信息是劝导站工作人员的责任，认真巡逻、在村镇进行流动宣传是巡防队员的责任，居家不出是处于隔离观察期的人的责任……抗击疫情，每个人都要扛起自己肩上的责任。

每个人肩上都扛着责任

张雨荷　重庆　基层干部

2020年2月1日（农历正月初八）　星期六　晴

不知不觉，我参加抗击疫情工作已经八天了。

今天到单位第一件事，仍然是去会议室领取口罩、酒精等开展抗疫工作所必需的物资。我到会议室时，负责物资发放的工作人员正在冲兑酒精，他们说纯度过高的酒精消毒效果并不好，所以他们计算好兑水比例，细心地冲兑，以保证每一瓶酒精的浓度都是75%。装瓶完成，他们又用标签纸标记，然后督促我们签名登记。正因为有了他们对物资的合理分配，才让我们在村里调查走访的时候能够安心。

领完物资，在办公室填报了一两个表册后，我接到了处在隔离观察期的返乡人员打来的电话，说家里缺东西了，想让我代为购买。在记录好他所需要的东西后，我便去了一趟超市，还未到超市门口，大喇叭滚动播放的宣传语就灌进了我的耳朵里，再看看在超市买生活必需品的群众，个个戴着口罩，安静而快速地选着他们所需的物品，然后疾风一样离开。按照返乡人员给我的单子，我帮他们买好东西后又折返到单位会议室，领取了厚厚一沓"外出返乡，居家静养"的标语，一切准备就绪，开始往村里赶。

到了村口，我看到劝导站工作人员正对进村车辆进行登记，详细到姓名、电话、身份证号码、车牌号、随行人数、进村事由等，不放过任何一个细节。过了劝导站，我们直奔处在隔离观察期的返乡人员家里，一方面是为其测量体温，并询问身体状况，另一方面则是张贴宣传标语，希望可以通过双管齐下的方式，让隔离观察人员和周围的邻居都重视此次疫情。临走时，他们问我："我们什么时候可以出门呢？"我回答："只要疫情解除，你们就可以出门了，不过在此之前，还是在家里好好休息吧！"

没错，对处于隔离观察期的人员来说，在家好好休息、居家不出就是他们的责任；劝导站的工作人员认真记录来往的每一辆车辆的信息，这是他们的责任；巡防队员认真巡逻，在场镇进行流动宣传，这是他们的责任；而对我们而言，听指挥、认真干就是我们的责任。24小时在高速路口进行检查的工作人员，义不容辞为我们运送物资的人员，连夜做宣传标语和横幅的人员，自愿进行劝导工作的志愿者，给我们送来物资的区级部门的工作人员，每天倾倒垃圾、喷洒消毒液的市政环卫工人……正是因为大家都扛起了自己肩上的责任，才让我们对战胜疫情信心十足，相信过不了多久，我们就能走出家门，露出灿烂的笑容了。

编者按语： 大爱无言，誓言无声。耄耋之年的老一辈航天工作者坚信党和政府一定能打赢这场没有硝烟的战争！期待山花烂漫时，能够相聚暖阳诉衷肠。

于无声处抗疫情

♥ 伏萍　陕西西安　航天四院文学协会主席

2020年1月30日（农历正月初六）　星期四　晴

2019年末至2020年初的一场疫情让人始料未及。今天一大早，我就接到离退休办主任的电话，通知让各党支部书记尽快统计各支部管辖范围内离退休人员春节期间的去向，力争把人员情况掌握在最大的可控范围内。我放下电话赶忙找出通讯录，挨家挨户电话家访，逐个排查。这些老同志还真是给力，关键时刻不掉链子，积极配合党支部开展工作，不仅主动告知自己春节期间的去向，还将孩子、父母及亲人的去向也如实反映，确保了我单位疫情防控工作的顺利开展。

更让我感动的是，我收到湖北42所离退休老干部吴宗智的短信，耄耋之年的他告诉我，他们作为疫情重灾区湖北的航天人，此时此刻的心情格外复杂，恐惧、害怕肯定是有的，但有一点他们是不变的，那就是相信党，相信政府，相信中国一定会打赢抗击新冠肺炎这场没有硝烟的战争！吴老还发来一首小诗，表达他对战胜恐惧、战胜孤独，直至取得最后胜利的坚定决心。

抗　疫　记

抗击疫情非等闲，

宅家隔离意志坚。

期待山花烂漫时，

相聚暖阳诉衷肠。

点点滴滴，让人感动。是啊，电视上每天都在播报疫情的最新情况。以钟南山院士为代表的众多专家及无数奋战在抗疫第一线的医务工作者，他们舍生忘死为我们构筑起抵挡疫情扩散的第一道防线，我们这些安全在家的人是多么幸福啊！

编者按语： 杨福久是一名普普通通的退休干部，他和老伴人在家中，心在疫区。在这个没有元宵的元宵节，万家灯火，都在为祖国祈福！

没有元宵的元宵节

♥ 杨福久　辽宁铁岭　退休干部

2020年2月8日（农历正月十五）　星期六　晴

今天是鼠年的元宵节，也是家人团聚、阖家欢乐的日子。可是，我怎么也高兴不起来，心里空空荡荡的，内心总感到不安、焦虑、牵挂……

早晨起来，抬眼望窗外，雾气弥漫，给人一种压抑感。和往常一样打开手机查询武汉新冠肺炎疫情的消息，特别期待看到疫情拐点出现。然而，让我大失所望的是拐点不但没有出现，反而确诊病例更多了！

太阳懒洋洋地从蒙蒙雾气中钻出来，露出惨淡的光芒。往年的元宵节，孩子们都会回来和我们一起过，吃元宵，赏花灯，看秧歌，热闹得很。可是今年的元宵节静悄悄的，家里没有一点儿过节的气氛，偌大的房子里只有我和老伴儿两个人，没有半点儿声响。老伴儿和我一样，也看着手机，一脸的凝重。人在家里，心在疫区。

忽然，一阵急促的手机铃声打破了沉寂。女儿打来电话，说要买元宵送来。我忙说："特殊时期，还是别跑了！"女儿坚持："今天元宵节，不能不吃元宵……"我打断了女儿的话，骗她说冰箱里面还有几袋汤圆。"真的？"她竟然问了我三遍，我坚持说有，她才信。没一会儿，儿子也来了电话，问我和老伴吃没吃元宵，说他们单位食堂给他们这些加班待命的人做了元宵。儿子是一名医生，大年初二就结束了春节休假，返岗待命，一直等待驰援武汉。我不能影响他，照样编谎话，让他安心待命。

快中午了，雾气散尽，太阳明亮起来。网上看到的信息依然让我觉得形势严峻，我和老伴儿都更加挂念起战斗在武汉一线的白衣天使，他们除夕连夜奔赴武汉，已经同疯狂的病毒战斗了半月之久，流汗流血，有的医务人员甚至因为感染新冠肺炎而牺牲。为了节省防护服，他们一个班竟连续10个小时不吃、不喝、不去厕所。这些在没有硝烟的战场上战斗的英雄们，春节没有和家人一起过，元宵也不能和家人一起吃！还有那么多感染新冠肺炎的同胞正在医院里同病毒殊死抗争，也不能和家人团聚！再想想病毒还在蔓延，封城、停产、停业，瘟神何时能送走？此种境况下，我怎么能够像往年那样乐呵呵地买元宵？即使孩子们送来了元宵又怎么能吃得下？

夜幕降临时，今晚的月亮异常明亮，夜空中不见一丝云彩。我和老伴儿在这个没有元宵的元宵节晚上隔窗望月，为白衣天使祈福，为感染的同胞祈福，为中国祈福，希望"拐点"就在前方。

编者按语： 福无双至，祸不单行。在疫情灾难面前，成都的人们又迎来了地震的考验。冷青羽告诉我们：坚强的生命在承受磨难时，也一定会走向重生。唯愿云翳不再，人人平安！

唯愿平安，云翳流转

 冷青羽　四川成都　企业职工

2020年2月3日（农历正月初十）　　星期一　　晴

1月23日武汉封城的消息传来时，我们才意识到新冠肺炎的严重性。防控疫情蔓延成了当务之急，我们也买好了口罩，预备开始严防死守。防疫最重要的是隔离。正值春节假期，原来计划的给父母亲拜年、走亲戚等活动统统都被取消了。

由于春运的原因，许多从湖北各县市及武汉出来的人散在各地，加大了疑似病例的排查难度。我们也开始接受社区的、小区的、单位的一次次的排查。这样一来，大家又紧张起来，我周围的人还好吗？亲朋好友、街坊邻居、同事同学的都安全吗？现在，管好自己和家人，就是不给社会添乱。每当看到电视里穿着厚厚的防护服，工作十几个小时，忙碌在隔离病区的医护人员，我的眼眶都湿润了。他们面对着最危险的环境，像冲锋陷阵的战士一样，冲在了第一线。我看不清他们的容颜，更不知道他们的姓名，但对他们的这一份敬意，深深地扎根在心里了。

原本以为宅在家就这样一天天顺利地过去了，可是到了今天凌晨，我刚要休息，就听见女儿在客厅叫起来："妈妈，灯摇起来了，我怎么站不稳了？"我吓了一跳，赶紧出来看，果然，客厅的灯猛烈地晃起来了，是地震！天哪，是地震！我立即拉着女儿，安慰她别怕，又叫上老公一起躲到卫生间。镇定再镇定，我安慰自己，一定要保护好女儿！两分钟过去了，灯渐渐稳定了；五分钟过去了，再大的响动没有来。真是惊魂一刻！打开手机，朋友圈全是地震的信息，没错，是地震。震源在成都金堂和青白江，震级分别是4.7级和5.1级，离我们好近啊！这一刻真的不相信上天会如此苛刻，给身处灾难的我们再来一次考验。欲哭无泪，强压着心头的那一片苍凉。

明天还要继续，幸运的是地震没有造成更大的伤亡，既然过去就没有时间伤悲、感怀了，当务之急仍然是抗击疫情、避免传染，不聚集、少外出、不传谣，切断病源。相信战胜疫情的那一天很快会到来的。生命在承受着磨难时，必将走向重生。居家时我常想起泰戈尔的诗句："压迫着我的，到底是我的想要外出的灵魂呢，还是世界的灵魂，敲着我的心门，想要进来呢？我把我的心之碗轻轻浸入这沉默之时刻中，它盛满爱了。"唯愿平安归来，天上云翳流转；唯愿每一个沉重的日子凝结成琥珀，挂在岁月的栈道边，警醒着后来人。

编者按语： 一方有难，八方支援。众志成城，共克时艰。

辽沈战"疫"

 阿 珊　辽宁朝阳　作家

2020年1月26日（农历正月初二）　　星期日　　阴转晴

今天，辽宁省组织的赴武汉支援医疗队首批130多人乘坐沈阳直飞武汉的专机，火速支援武汉！

在辽宁赴武汉支援的医疗队中，有一个我当年教过的女学生。她爱好文学，写得一手漂亮的散文。那年高考，她报考了医科大学临床医护专业。大学毕业后，她选择回到故乡，在这座小城的一所医院工作。现在，她是这所医院的一名护士长。

她在出发之前给我发信息说，她马上就要去支援武汉了，同时提醒我要多多保重。我回复她要珍惜这一次回报祖国的机会，做好自我防护，为武汉患者做出自己的贡献！同时，我祝愿她和辽宁医疗队的医护人员早一天消灭新型冠状病毒，早日凯旋！

她对我说："周老师，既然我选择了前线，就会义无反顾地去战胜病毒，为家乡的父老乡亲争光！"

当我把她要去支援武汉的事迹讲给家里的几个小朋友听时，他们似乎明白了什么，冲着电视机中走上飞机的辽宁医疗队队员竖起大拇指。

新闻报道说，这仅是辽宁第一批支援武汉医疗队，稍后根据武汉疫情还会派出更多医护人员奔赴武汉疫区，与新型冠状病毒进行搏斗！

编者按语： 在这个与疫相搏的特殊时期里，一双手套，一个口罩，一份信任，一些感恩，都是为一线战"疫"人员加的油。

给白衣天使的情人节礼物

小鱼　辽宁海城　教师

2020年2月14日（农历正月二十一）　　星期五　　大雪

雪一直下。来吧，你们就像那白衣天使，有了你们，病毒就不敢肆虐了。

一边看着窗外大雪纷飞，一边看着我最关注的快递物流信息：2月11日离开扬州广陵到维扬，12日到无锡，13日到武汉吴家山，14日上午到达武汉汉阳。我人未到晴川，心已至汉阳！

这个快递刚好在14日到达武汉第五医院，就当作我送给医护姐妹的情人节礼物吧。那是一箱一次性医用乳胶手套，女士用的型号。在接到武汉各医院的求援信之后，好多人都行动起来，通过各种渠道为一线筹措各种医用物资。虽然知道医护姐妹们因为防护服短缺而舍不得脱下，但我实在无力捐赠防护服，那就呵护一下她们的手吧！

求援信上写得很清楚，捐赠物资一定要是医用级别。我看着网上各式各样的乳胶手套直犯难。突然灵光一闪——姐夫的大侄女就是护士啊！在她的帮助下，我很快就选好和她们医院用的同款乳胶手套。

卖家得知我购买这1000副乳胶手套是要捐给武汉，他不仅稳妥细心地帮我包装好，还当天就把手套寄了出来。这几天我一直不停追踪手套的"行程"——今天下午，显示"已签收"！

发短信询问第五医院负责捐赠咨询的周老师，他很快回复说："因为收到的捐赠物资太多还没来得及登记汇总，第五医院全体医护工作者感谢您的支持与帮助！"

编者按语： 疫病侵袭，人们虽然恐慌，但更多的还是感恩。因为有医护人员在一线不懈战斗，普罗大众才得以安全的静待家中，期待春天的到来。

当病毒来袭时

 李家庆　湖南平江　小学生

2020年1月23日（农历腊月二十九）　星期四　小雨

　　傍晚，爸爸从医院下班回家，一脸沉重地告诉家里人："最近新型冠状病毒肺炎在武汉蔓延，目前确诊患者已有几百例。这几天正是春节放假，外面人多，你们这段时间尽量别出门！"武汉爆发的病毒会传到我们这来吗？唉，不能出门，盼了一年的好日子没了！过年玩不了龙，辞不了岁，那还叫过年吗？朋友聚会也泡汤了，连串个门都不许，那这个寒假还怎么过呀？我郁闷不已，可又没有办法。

2020年1月25日（农历正月初一）　星期六　中雨

　　"今天的病例会增加到多少？"早晨一睁开眼，我的脑海中立刻冒出了这几天一直关注的问题。跑下楼，全家早已围坐在电视机旁，一个个凝神静气，紧盯着屏幕，皱着眉头。又增加了！一夜之间确诊病例居然增加了400多例，死亡人数达到41人！我的心变得沉重起来，像被一块黑布笼罩着，不断增加的庞大数据像刀一样刺进我的心里。

　　吃过早餐，我们就忙开了。奶奶在每个房间都点燃艾草，用消毒液一遍又一遍使劲地擦着门和桌子；爷爷将所有碗筷用开水煮沸消毒；妈妈与我拖地板，然后把门窗关得严严实实，房子变成了一个封闭的蚕茧。平时充满欢声笑语的家变得冷冷清清的，我的心里有说不出的压抑和恐慌在滋长。

2020年1月29日（农历正月初五）　　　　星期三　　中雨

每天去医院加班的爸爸主动把自己隔离在办公室已经两天了。祸不单行，今天，妈妈也感冒了，她把自己隔离在了三楼。于是，舅妈和表弟接我去外婆家。

走在大街上，天灰蒙蒙的。路上行人寥寥无几，平时拥堵的街道好像变宽了，空荡荡的。所有商店的门都关了，以前车的喇叭声、人的喊声、狗的叫声每天都汇成一首交响曲，可现在一切都消失了，世界变得异常寂静，只听见树叶被风刮落的声音，一片树叶、两片树叶……此时，只有一个蹦蹦跳跳的身影，一会儿拳打脚踢，一会儿做鬼脸，"咯咯"的笑声在空寂的街上回荡。他就是我那五岁的表弟，他可不管有没有病毒，城空不空，路有没有被封。

我真希望这场疫情早日消失，爸爸能回家，妈妈快康复，一切恢复正常，每个人都能像表弟那样无忧无虑。

2020年2月2日（农历正月初九）　　　　星期日　　多云

妈妈感冒好了，爸爸下班来接我，我问道："何琼妈妈请战去隔离区现在回家了吗？"爸爸叹了口气："申请进隔离区的八十多位医护人员现在暂时还不能回家。为了节约防护服，他们上班时八小时不吃不喝，不能上厕所，所以天天穿着纸尿裤上班。"这么久不能回家，还得穿纸尿裤？那多不舒服，多痛苦啊！他们勇于奉献的精神深深震撼着我！刚开始我还埋怨关在家里无聊呢，但与他们比起来，每天能和家人在一起，在家里自由活动，我们真是幸福多了！

回到家，上完网课后，我又制作了防病毒手抄报。推开窗户，太阳终于出来了！树该发芽了，花也该开了吧？

编者按语： 他是一个初一的学生。新冠肺炎疫情突如其来，他的父母都奔赴抗疫一线。没有父母在身边陪伴，他克服了学习和生活上的许多困难，更加懂得感恩，更加坚强与独立。少年强，则国强，相信疫情一定会被战胜。

不一样的鼠年春节

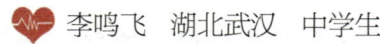 李鸣飞　湖北武汉　中学生

2020年2月20日（农历正月二十七）　　星期四　　晴

春节，是一个非常喜庆的节日，代表着阖家团圆。今年的春节，不同于往年，有些不一样。

妈妈在武昌一所医院的呼吸科工作，虽然平时也很忙，但有空闲时间还是会陪我一同玩耍。往年寒假，不上班的日子，妈妈都会带我四处游览，或者看看电影；爸爸每天坐地铁从武昌到汉口上班，下班会去菜市场或者超市买菜和年货，回家做美食，我们一家三口一起享受着其乐融融的生活。以前，我并不在意的春节团圆，到了今年却变得弥足珍贵。

年初，武汉暴发了一种传染性很强的传染病——新型冠状病毒肺炎。春节前，这种病毒就已经传染得很厉害了，妈妈被抽调去感染内科一线工作，每天都非常忙；春节期间，爸爸也被安排去汉口那边的社区做一些与疫情防控相关的工作，常常很晚才回家。

妈妈太忙了！每天天还没亮，当其他人还在睡梦中时，她就要早早起床，匆匆洗漱后赶往医院。我给她打电话，她都很少接，即使接了，电话那头也会传来其他声音："小徐，那床的病人怎么样了啊？"然后，妈妈就会对我说："宝贝，妈妈忙着呢，先挂了啊。"还没说一句话的我不知所措，只得体谅她。轮休回到家，妈妈为了降低传染的风险，总是会立刻洗澡，更换全身衣物，来不及与我多说一句话，也许这时候是她唯一身心放松的时候吧。晚上，妈妈的电话铃声不断传入我的耳朵。后半夜，妈妈就又赶去医院参与抢救工作了。记得除夕那天，妈妈上午去了医院，中午回家吃完饭就开始在手机上和同事讨论工作，到了晚上，她又急匆匆地回到医院。

　　爸爸的生活也很忙碌。他每天早上七点左右就要起床，然后赶到汉口的社区工作。有几次，爸爸不得已要骑自行车上下班，路上要骑一个半小时。到了汉口那边，他要协助那个老旧社区里的居民做好防护工作，帮助社区居民买菜上门、在社区消毒，为居民量体温，科普防疫知识，当好"看门人"，以此守护居民们的生命健康。爸爸要到晚上八点半才能下班，回家稍事休息后，不仅要在网上做宣传工作，还要为我准备好第二天的饭菜。

　　我的生活与以往相比也有许多不同。每天早上醒来，爸爸妈妈都已经出门上班了，只有我一人在家。吃过早饭，我便开始执行一天的学习计划。爸爸教会我通过电脑上网课后，我就开始自己操作了，到了休息时间，我就在家里仅有的一点小空地上——客厅"散步"；中午，自己热饭，用微波炉加热爸爸头天晚上做好的菜。其中，有什么不会做的也没法求助爸妈，只能自己想尽各种办法去解决，这样也能提高我的学习自觉性和生活自理能力。到了晚上，我都要等爸爸妈妈回来，和他们说上几句话再睡觉。现在，我比以前更会照顾和管理自己的生活了，也越来越自律，知道该做什么和不该做什么了。这个不一样的春节，对我来说也是一次锻炼。

　　在这个充满危险、不安的春节里，我明白了许多，也成长了许多。我相信，我们的城市，我们的国家一定会好起来的。武汉，加油！中国，加油！

编者按语： 疫情仿佛让今年的春节多了些许阴暗，少了很多幸福与温暖。但我们相信这都是暂时的，只要我们心里有幸福，眼里有阳光，一切都会好起来的。

往日犹可鉴，未来方可期

余途 北京 作家

2020年1月24日（除夕）　　星期五　　晴

今天，我买了春饼和水果去父亲住院的病房陪他守岁。

在医院门口，我被要求做身份登记和测体温，并给我发了一个口罩，这在以前是没有过的。体温枪测出我的温度是34.6℃，这数值让我很诧异。保安说天气太冷，体温测不准也是有的。这虽是一家民营康复医院，但在疫期所做的防护措施值得称赞。

父亲在去年9月底突发脑梗死，在医院度过了非常危重的时期，现在稍有平稳，就转到病床不那么紧张的民营医院继续进行康复治疗。自从他老人家生病后，吞咽功能丧失，到现在依然用着鼻饲管，也不能再像以前那样与我们围坐在餐桌前一起吃饭了；语言功能也基本丧失了，我们无法交流，也不知道他是否明白今天是除夕。

爆竹声中一岁除，请把病痛也一起除了吧！今年春节，因为疫情，有多少新冠肺炎患者要在医院度过，又有多少家人要在焦虑中守望。

病房里贴了"福"字，摆了鲜花，希望大家都平安！

2020年1月25日（农历正月初一）　　星期六　　阴

春节是中国人特别重视的传统节日，但突如其来的疫情使庚子年的春节注定成为一个特别的春节。春节庙会全部停办，各种大型活动也都取消。

父亲所住的医院也已经全面禁止家属探视。这是为了避免病毒传入医院感染住院病人采取的措施，家属必须遵照医院规定执行。所以，只能通过给医生和陪护阿姨打电话了解父亲的情况。可是，父亲他老人家能明白我们为什么不去医院看他吗？

2020年1月27日（农历正月初三）　　　　星期一　　阴

北京已有多家医院派医疗队奔赴武汉一线，其中就有我熟悉的医生。

他们被称为"逆行者"，医者仁心，救死扶伤，责任所在，临危不惧，堪称英勇。

祈祷他们战胜疫魔，平安凯旋。

2020年1月30日（农历正月初六）　　　　星期四　　晴

接到"村公所"鑫村长的通知，原定今天的聚会因为疫情取消，我提前准备好的二锅头只能等疫情过去再喝。每年春节，几位老朋友都要聚会，这是多年前定下来的规矩，今年首次破例。我们几个人在电话里互道平安，互致问候，算是见面。鑫村长告诉我，去年我给他家书写的"福"字还在，他还拍了张照片发给我看。我看见"福"上面有一道光掠过，瞬间，心里生出些许温暖。原来，阳光与幸福相伴相随。

编者按语： 隔离病毒，不隔离爱。疫情没有让往日的亲情与爱疏远，反而让亲人更紧密地联系在了一起，更加关爱并温暖彼此；病毒带来的只是一时的黑暗，也并不可怕，我们相信，爱会照亮前方的路。

爱一直在那个地方，温暖你，温暖我

橘子酱　陕西西安　编辑

2020年2月1日（农历正月初八）　　星期六　　晴

"最初，没有人在意这场灾难。这不过是一场山火，一次旱灾，一个物种的灭绝，一座城市的消失。直到这场灾难和每个人息息相关。"今天再一次在一个公号上看到这句话，这是电影《流浪地球》里的一句台词，也是我们每个人此时此刻的内心独白。

是的，把时间拨回到二十多天前，我所在的城市很少有人去密切关注七百多公里外的那座城市的动态，即便偶尔聊到相关的新闻，也只是随口说上几句，就像我们之前聊甲流之类的话题一样，毕竟类似甲流一样的疾病每年冬天都会有。

这座城市的人们那会儿在做什么呢？有的埋头赶做春节放假前的工作，想尽快忙完手头工作，以一种轻松的心情迎接春节；有的忙着为家里准备年货，在举家打扫卫生和买年货中喜气洋洋地过了个小年。街上从没停止过热闹，我上下班路过的一排食品店铺，店家早早将各类年货出摊，以便吸引过往的行人挑选一二。

二十多天后，世界变了模样，街上冷冷清清。站在窗口眺望马路，一年到头都拥堵不堪的路况变得出奇得好，等待一个红灯的时间段里，只有七八辆车候在那里。马路边的"摩的"完全消失了踪影，人人自危的日子里，师傅们也只能窝在家里发愁生计了。至于行人，偶有三两个人影，也是脚步匆匆，口罩自然是戴着的，毕竟在这个关口，没有人不爱惜自己的身体和生命。

早饭后跟妈妈视频，今天是她跟爸爸来城里照看孙女整整一个月的时间节点了。他们这一辈的人，活得很是辛苦，从一无所有埋头苦干拼尽全力养家糊口，等到儿女成家立业了，也不能轻松下来。弟媳妇的产假即将结束，而孩子太小不便带回老家，所以，老两口在元旦那会儿，便收

不信谣，不传谣
安心宅，莫恐慌

拾行囊赶到城里，准备在这里团圆过年。每天的日常事务就是帮助儿子儿媳做家务、照顾孙女，一切倒也其乐融融，再辛苦再闷得慌，孩子的一个笑脸就能治愈所有，这不仅是隔代亲的缘故，也是新生命给这个世界带来喜悦的一种最直观的的感染力。

视频那头，妈妈正跟弟弟说着明天回老家的事情，按照原计划，过完新年，弟媳妇的妈妈就来帮上班的女儿居家带娃了。虽然弟媳妇的上班时间也因为疫情被延期，但妈妈还是想着赶紧回老家，好让弟弟把他丈母娘接来适应适应。弟弟给了妈妈一包口罩，让她装包里带回去用，妈妈坚决推辞，并说家里还有几个半年前买的没用呢，还说村里没啥外人来，他们回去后决不出门，口罩还是留给小两口上班用。

视频这头的我，看着母子俩你让我推的画面，心里陡然一阵酸楚，当然也有满满的感动。同样的事情几天前也在我们身上发生过。当我们决定返回城里时，公婆也是同样坚持要让我们把买的为数不多的口罩带走，说他们在家怎么都好说，但我们还是谢绝了。物资匮乏的时候，城市的人也许还能想办法拿到一丁点物资，但对于条件不便利的农村，却是非常有难度的，毕竟过一两天他们可能连出村都困难了。

都说灾难考验人性，能让你看到普通老百姓生活里的温暖、善良、关怀和感动。即便我们平日里因为生活奔波忙碌，跟家人少了亲密的互动，但亲情一直都在那个地方，温暖你我，为我们照亮前方的路。

编者按语： 一家三口不幸感染新型冠状病毒，但他们相互鼓励，不言放弃，始终满怀信心。在武汉方舱医院治疗期间，与病友互相关心，悲喜相通，与医护人员处成一家，结成了深厚的友谊。治愈出院，道不尽的是感谢，说不完的还是感谢。到底是怎样的终点，才能配得上这一路的颠沛流离。唯愿走过的所有弯路，最后都能成为美丽的彩虹。

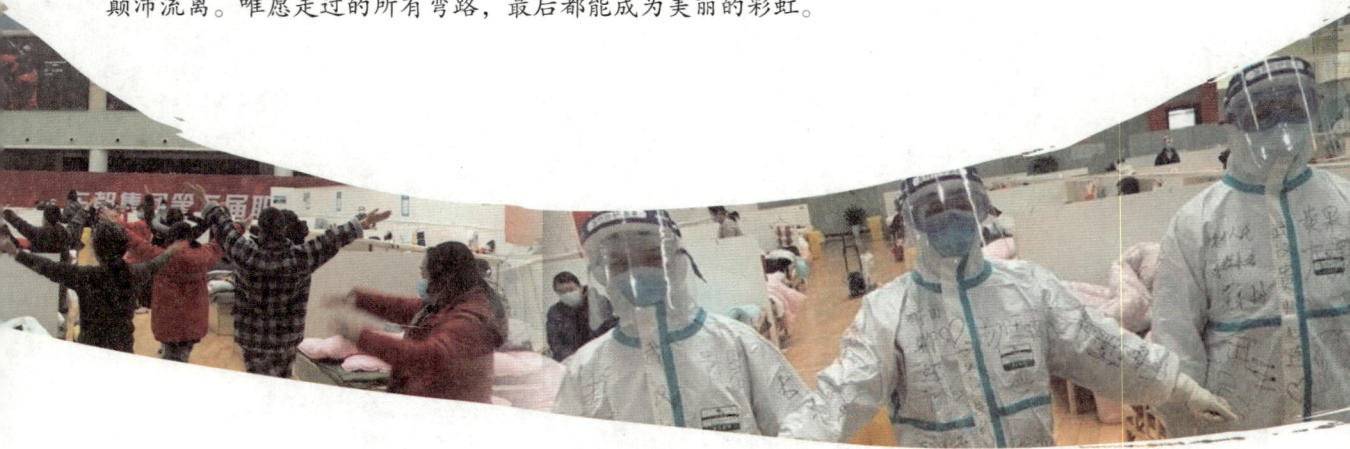

愿你走过的所有弯路，最后都成为美丽的彩虹

 吕文鹏　湖北武汉　IT咨询顾问

2020年2月17日（农历正月二十四）　星期一　晴

　　今天是个大晴天，早上醒来收到妈妈肺部CT的复查报告，显示病灶有所吸收，开始朝着好的方向发展，这真是近日来收到的最好的消息了。目前，爸爸和我病情平稳。总结在方舱医院的生活就是十五个字：吃饭，吃药，休息，量体温，测血氧饱和度，然后循环。当然也少不了方舱的特色集体活动，每天至少半小时的广播操时间。不过还是感叹：跳舞、跳操还是咱中国大妈厉害，大妈们跳起来个个步步生风，婀娜多姿；反观各位男同胞们的动作就生涩不少。不过总的来说，大家精神面貌都非常积极向上，而且都坚信武汉必胜，我们必胜。来方舱快一周了，对于轻症患者而言，生活上除了不能洗澡以外，其他都还好，医护对我们照顾得很好。目前的CT和核酸检测设备还没到位，期望下周能部署完毕，早日检测。虽然火神山就在蔡甸不远，但希望大家都能从方舱出院，不去麻烦火神和雷神了。

愿你走过的所有弯路，最后都成为美丽的彩虹

2020年2月19日（农历正月二十六）　　　星期三　　晴

  今天天晴，心情平和。早上吃完药，贵州的小哥哥和小姐姐邀请我们一起把贵州和武汉的美食与名胜画在他们的防护服上，很暖心也很有趣。各位病友大展身手的时候到了，武汉的热干面、面窝、小龙虾、鸭脖、油饼、烧麦、黄陂三鲜、黄鹤楼、长江大桥、长江二桥纷纷亮相，贵州的折耳根、丝娃娃、状元面、虾羊肉粉、老干妈、肠旺面、酸汤粉、黄果树大瀑布也隆重登场。当然画卷有限，肯定不能穷尽咱武汉和贵州的特色美食与风景名胜，所以欢迎各位武汉和贵州的朋友们继续补充，多多益善。疫情结束，欢迎大家都来武汉尝尝武汉的特色美食，逛逛武汉的风景名胜。当然我们这些病友也想去吃吃其他地儿的美食，也想领略来自他乡的美不胜收。

  期待春暖花开。

2020年2月24日（农历二月初二）　　　星期一　　阴

  今天天气阴沉，但心情向阳。这里隆重介绍下俺们方舱的80后网红小姐姐AliceLee_cat熊女士，她画出了我们方舱暖心可爱的"大白"们的日常。期待你的后续作品，网友们都期望你能出一本漫画，记录下2020年发生的磨难和伤痛，以及温暖和美好。感谢各位安徽和贵州的医护天使们，虽然看不到你们的样子，但你们的眼睛就是最亮的星星，照亮归途；同样也要感谢那些默默付出的英雄。祝愿大家都顺利康复，加油！武汉必胜！中国必胜！我们必胜！

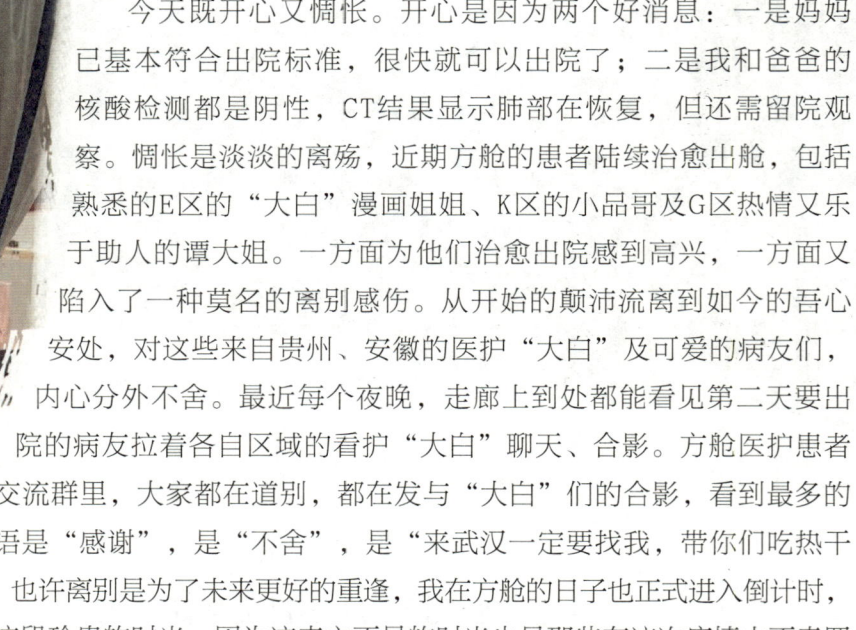

2020年2月28日（农历二月初六）　　星期五　　小雨

今天既开心又惆怅。开心是因为两个好消息：一是妈妈已基本符合出院标准，很快就可以出院了；二是我和爸爸的核酸检测都是阴性，CT结果显示肺部在恢复，但还需留院观察。惆怅是淡淡的离殇，近期方舱的患者陆续治愈出舱，包括熟悉的E区的"大白"漫画姐姐、K区的小品哥及G区热情又乐于助人的谭大姐。一方面为他们治愈出院感到高兴，一方面又陷入了一种莫名的离别感伤。从开始的颠沛流离到如今的吾心安处，对这些来自贵州、安徽的医护"大白"及可爱的病友们，内心分外不舍。最近每个夜晚，走廊上到处都能看见第二天要出院的病友拉着各自区域的看护"大白"聊天、合影。方舱医护患者交流群里，大家都在道别，都在发与"大白"们的合影，看到最多的话语是"感谢"，是"不舍"，是"来武汉一定要找我，带你们吃热干面"。也许离别是为了未来更好的重逢，我在方舱的日子也正式进入倒计时，好好珍惜这段珍贵的时光，因为这来之不易的时光也是那些在这次疫情中不幸罹难的逝者希望的明天。贵州"大白"们今天特别可爱，"大白"和超人合体，会飞的"大白"超人真厉害；保洁大哥敬业消毒的身影，绝不让"大白"天使哭泣的宣言真帅。今朝花树下，不觉恋流年，感谢负重前行的每一位英雄。

2020年3月1日（农历二月初八）　　星期日　　晴

今天帮着医护各班次"大白"们拍工作照，给痊愈的谭大姐出院送别，帮着护士长云姐汇总照片，整理方舱日记，分发医护的各种照片……不知不觉一天就这样过去了。云姐送我一个外号——方舱小秘书。她给我安排一个任务，让我写一篇手记。其实，我有很多话想说，有很多文字想写，因为我要记下这段特殊的时光。

我还没被收治进方舱时，内心是做了最坏的打算的。所以，进舱后第一周，一方面忧心妈妈的孤单和病情未卜，另一方面对自己和爸爸的病情也忧心忡忡。我们三个人每天都保持联系，一家人相互加油、鼓劲儿。所以，在外人眼里，方舱第一周的我是相对沉默的。但随着贵州医疗队无微不至的照顾和救治，规律的用药和作息，我焦躁的内心慢慢平复，同时通过各种渠道对新型冠状病毒也加深了了解，我对病情也越来越乐观。随后，贵州可爱的"大白"们在治病之余组织了很多暖心的活动来激励我们，方舱生日蛋糕为病患庆生、集体广播体操加快患者恢复、武汉贵州美食名胜绘画展……我们变得越来越快乐，也越来越有信心。病友们常常相互打气，共同的磨难让我们悲喜相通，我也从最开始的忧思不断到如今的满怀感恩，尤其是当我越来越熟悉贵州医疗队的队员时，才发现他们都是各科

愿你走过的所有弯路，最后都成为美丽的彩虹

室的精英，是一支极其优秀的综合团队，病友们都特别放心和安心，也坚定了我们必胜的信念。

医者仁心，大爱无疆。在我们最无助、最绝望的时候，是这些可爱的"大白"们给予我们温暖和希望。目前，我也进入康复出院的倒计时，开始有多忧愁和不安，如今就有多感激和不舍，也希望能协助医护做一些工作，为他们尽些绵薄之力。对医护人员来说，也许患者只是你们工作中的一个片段，但对患者来说，你们就是我们人生的一个转折。

一直看不到你们的样子，但是你们的眼睛灿若星辰。

2020年3月5日（农历二月十二）　　星期四　　晴

我和爸爸原本被安排在今天出院，但由于武汉出舱政策调整，不得不在方舱再待几天，但没想到的是，今天又是惊喜满满和感动无限的一天。贵州暖心的医护小姐姐和小哥哥们给我们送来了"治愈系"漫画礼物。

下午，云姐和欢姐两人拖着一个超大的纸箱来到我面前神秘地对我说："嘿，小秘书，来帮忙贴下画吧。"当我看到这些画板和那些治愈满满的寄语时，瞬间就爱不释手。

"众生皆草木，唯你是青山"，"就算是有奇迹，也得花点时间"，"希望如约而至的不止春天，还有疫情过后平安的你"，"生活很讨厌，还好我依旧这么可爱"，"庚子鼠年，先苦后甜"……

这一幅幅治愈系的漫画出自广州中山大学学临床医学出身的一位教师，人们都尊称他"小林老师"，他的作品集《小林漫画》在网上非常火爆。疫情期间，小林老师创作了一组非常温暖的作品，并陆续寄到了很多家方舱医院及全国多地的医院，希望能让医护人员和患者们感到温暖。

"今天下午大多数患者出去复查CT了，趁大家不在，我们赶紧把H区和G区各个床头布置一下吧，大家回来看到漫画一定会开心的。"云姐笑着说道。那时，我分明从云姐和欢姐眼里看到了闪烁的星星，熠熠生辉。

在我们共同的张罗下，闲置的床头区域都挂上了一幅幅暖心的漫画，空床区域还布置成了特别适合拍照的漫画廊区，方舱网红打卡地就此诞生了。接下来，方舱里好不热闹，患者和医护人员隐藏许久的"网红气质"瞬间爆棚，拍照的、自拍的、录视频的……此时此刻，原本单调的墙面变得生动而温暖；此情此景，冰冷的病区因温暖而生机勃勃。

很多病友遵循自己的喜好，选择画板贴在床头，我给他们拍照留念，定格他们在方舱里的温暖一刻。翻看照片时，内心既感动又感慨，因这些暖心、甜心、爱心的"大白"，我们不仅在身体上渐渐痊愈，心灵也得到慰藉和治愈。

2020年3月8日（农历二月十五） 　　　　星期日 　　　晴转大雨

也许，今天是个好日子：我们全家康复出院，爸妈结婚33周年纪念日，武汉体育中心方舱医院所有病患出舱。

无论是即将出舱的病友，还是贵州和安徽的医疗队，大家都是既欢乐也惆怅。欢乐是因为我们阶段性的胜利，我们离回家的日子越来越近；惆怅是因为离别在即，短短25天的相处，医患亲如一家。所以，每个人都忙着合影，忙着告别，忙着说感谢。

今天，我要送出三个祝福：祝愿妈妈、舱里所有女性白衣天使和女性朋友，女神节快乐！祝福爸爸妈妈结婚33周年快乐！祝贺武汉体育中心方舱医院关舱大吉，后会无期！

最后，我还要感谢国家紧急救援队的全体医护人员，感谢你们千里救援，我们患者的康复离不开你们的奉献和战斗。

休舱大吉

到底是怎样的终点，才能配得上我们这一路的颠沛流离，
直到你来，我才一点点好起来。
吾乃世间远行客，幸得风雨同舟人。
愿你生活不拥挤，笑容也不必刻意，常常不期而遇，美好总是铭记。
新的一年，多点温暖。
就算是有奇迹，也得花点时间。
等你好了，我们一起去吃热干面。
我行我素，你不行你莘。
愿你走过的所有弯路，最后都成为美丽的彩虹。

庆祝

在送别康复患者后，贵州医疗队队员们挥拳庆祝。